D1613539

Semana Blanca

Editorial Bambú es un sello
de Editorial Casals, S. A.

© 2007, Natalia Freire
© 2007, Editorial Casals, S. A.
Casp, 79. 08013 Barcelona
Tel. 902 107 007
www.editorialbambu.com

Diseño de la colección: Miquel Puig
Ilustración de la cubierta: Getty Images

Primera edición: septiembre de 2007
ISBN: 978-84-8343-005-7
Depósito legal: M-24.775-2007
Printed in Spain
Impreso en Anzos, S. L. - Fuenlabrada (Madrid)

Semana Blanca
Natalia Freire

bam bú

EDITORIAL

Causas y consecuencias

Apoyó la tabla en la nieve y se sentó encima. Se tapó la cara con las manos y comenzó a sollozar. Lo que había concebido como la semana de sus sueños, se había convertido en un infierno.

«¿Por qué seré tan estúpida?», se preguntaba. «¿Por qué estoy aquí llorando, sentada en una tabla de *snowboard* en vez de estar por ahí esquiando y divirtiéndome?»

La razón por la cual Alma había dejado de esquiar para hacer *snowboard* tenía nombre y apellidos: David Terrón y su pandilla, los chicos más divertidos de su colegio. El año anterior, Alma había conseguido llamar la atención de aquellos chicos gracias a su destreza como esquiadora. En la carrera de eslalon, celebrada el último día de la Semana Blanca, llegó la primera del colegio, batiendo claramente al resto de participantes. Entonces, el apuesto David, que a su vez había ganado la carrera en la modalidad de *snowboard*, se acercó a ella con su tabla bajo el brazo y le dijo:

–¡Eh, palillera! Andas muy bien.

Su corazón se aceleró. Era la primera vez que David le hablaba.

–Gracias –repuso Alma muy nerviosa–. Y felicidades, porque tú también has ganado. Tu descenso ha sido increíble.

–Sí, ya lo sé –afirmó el chico jactanciosamente–. Soy el mejor surfista del colegio y tú, la campeona de los palilleros. Lo suyo sería que echáramos una carrera. Los dos solos.

–Vale –dijo Alma.

Casi no pudo contestarle. Pensaba que un sueño acababa de hacerse realidad. Tomaron la silla de la pista en la que se habían celebrado las carreras. Algunos de los amigos de David los siguieron en sillas sucesivas con inusitada expectación. Ella lo miraba de reojo, amparada tras sus gafas de espejo. Después de tantos suspiros contenidos cuando pasaba por su lado y de tantas miradas furtivas por los pasillos del colegio, por fin había conseguido desterrar de su mente ese pensamiento que se repetía una y otra vez, y que le decía que David nunca se fijaría en ella. «Todo, gracias a la nieve», se dijo. En el colegio jamás la había mirado.

Bajaron de la silla. David le dijo que tenía que colocarse las ataduras. Ella se quedó a un lado, jugueteando con el extremo de su bastón en la nieve. David se preparó, se levantó y comenzó a bajar por la pista sin esperarla.

–¡Eso es trampa! –protestó Alma.

8

Ajustó sus botas y sus guantes, e inició el descenso. El chico llevaba una considerable ventaja. Forzó la máquina tratando de alcanzarlo. Cuando estuvo a su altura, disminuyó la velocidad para hacer alarde de sus perfectos giros paralelos. Al verla, el arrogante David realizó un giro inesperado y pasó deliberadamente con su tabla por encima de los esquís de Alma. Ésta cayó aparatosamente y perdió una de sus tablas. David se le acercó, derrapó al frenar y la cubrió de nieve.

–¡Muy gracioso! Me has dado un susto... –repuso la chica.

–Veo que estás bien, así que ¡ahí te quedas, palillera! –y el muchacho siguió descendiendo.

–Pero, ¿no vas a esperarme? –gritó Alma–. Supongo que esto era lo que quería: reírse de mí –murmuró desolada.

Se puso de pie y caminó en busca del esquí que había perdido. Entonces, a su espalda aparecieron los amigos de David. Pasaron muy cerca de ella, derrapando con sus tablas y gritando como energúmenos. Ninguno llegó a rozarla, pero Alma, asustada por lo sucedido, cayó de nuevo y se quedó cómicamente despatarrada en medio de la pista. Los amigos de David se reunieron con él unos metros más abajo, donde los esperaba para disfrutar del infame plan que habían preparado para Alma. Todos se burlaron de ella, pero lo que más le dolió fue lo que dijo David justo antes de desaparecer con sus amigos montaña abajo:

–¡Esta vez sí que has visto las estrellas, palillera! Eso te enseñará que en la nieve mandamos los surfistas.

La desconsolada chica recogió su equipo y se apartó a un lado de la pista para ponerse a salvo de posibles percances. Se dejó caer de rodillas sobre la nieve y, presa de la impotencia, lloró amargamente. Se sentía herida en su orgullo, protagonista de un ridículo espectáculo. Las palabras de David se repetían en su cabeza. Ella conocía la rivalidad que había entre los chicos que practicaban surf en la nieve y los esquiadores, de quienes se mofaban a todas horas. Alma quería ser aceptada por el entorno de David y pensó que como esquiadora no lo conseguiría en la vida. En ese instante decidió aprender *snowboard*. Cuando volvió a su casa, dijo a sus padres que quería aprender surf. A ellos les sorprendió, ya que su hija esquiaba desde los 5 años. Pero Alma estaba convencida. Pasó el final de temporada recibiendo clases de *snowboard*. Los primeros pasos fueron terribles, tanto física como mentalmente. En primer lugar, porque, hasta que aprendió la técnica, tuvo que esforzarse mucho y el desgaste físico le impedía progresar; en segundo lugar, porque le resultaba difícil asumir que en un medio como la nieve, que ella dominaba a la perfección desde niña, ahora parecía un pato mareado y tenía que quedarse todo el día en las pistas verdes, con los debutantes. Para colmo, era incapaz de coger un arrastre. Por fortuna, tras pasar el período de los primeros contactos, su progreso fue evidente y empezó a divertirse. A finales de abril, ya giraba con su tabla por pistas azules y subía los remontes, aunque con alguna dificultad.

La llegada del calor la fastidió un poco, porque tuvo que detener su aprendizaje justo en el momento en que estaba empezando a mejorar. En verano, sus ganas de aprender la llevaron hasta el parque que había detrás de su casa. Allí, algunos de los chavales más jóvenes del barrio ponían a prueba su destreza con el monopatín. Alma se sentaba en un banco del parque con un libro entre sus manos, mas no leía. Observaba a los niños y niñas realizar sus habilidades. Era admirable cómo lo intentaban una y otra vez, sin desfallecer. Aunque pareciera imposible caerse más veces y rasparse más los codos y las rodillas, ellos seguían probando hasta que les salía lo que querían. Y cuando lo lograban, era espectacular. Después probaban otro truco, esta vez un poco más difícil. Alma se preguntaba si ella sería capaz de patinar. Sólo había un modo de saberlo.

Entre los niños del parque estaba Raquel, una niña a la que había dado clases particulares durante el invierno con el fin de sacarse un dinerillo que pensaba gastar en una tabla de *snowboard*. Se levantó y alzó la mano saludando a Raquel. La niña, montada en su patinete, se acercó a ella y le dijo:

–¡Hola, Alma! ¡Me alegro de verte! ¡He aprobado todo; hasta he sacado buenas notas! ¡Las mejores de mi vida!

–Me alegro –dijo Alma.

–Mi madre se puso tan contenta que me compró un patinete nuevo –pisó el extremo del patín, lo agarró con sus manos y lo mostró orgullosa–. ¡El que yo quería! Y todo, gracias a ti.

–No digas eso. Lo has conseguido tú solita; yo sólo te mostré el camino.

–Pues mi madre me dijo que, si te veía, te preguntara cuál es tu talla, porque quería comprarte un vestido o algo así para agradecerte la ayuda.

–Dile a tu madre que no tiene que comprarme nada. Ya me pagó por mi trabajo. En cambio –Alma miró a Raquel confidencialmente y bajó el volumen de su voz–, tú sí que podrías enseñarme algo.

–¿Yo? ¿Qué te puedo enseñar yo? –preguntó Raquel, intrigada.

–Puedes enseñarme a patinar.

Raquel miró sorprendida a Alma.

–¿Quieres que te enseñe a montar en monopatín? ¿Estás segura? –volvió a preguntar Raquel, algo escéptica.

–Claro que lo estoy. Os he estado mirando y me gustaría intentarlo. Parece divertido.

–Divertido... Sí que es divertido. Pero, ¿no eres un poco mayor para esto?

–No hay edad para aprender. Creí que eso había quedado claro –repuso Alma en su papel de maestra.

–Vale, vale, lo que tú quieras. Mañana quedamos aquí a las cuatro.

–¿A las cuatro? ¡Pero si hará muchísimo calor! –protestó Alma.

–Precisamente. A esa hora no hay nadie en la calle. ¿Quieres que todo el barrio te vea hacer el ridículo?

Alma reflexionó un instante y contestó:

–Tienes razón.

–¡Pues claro! ¡Para algo soy la profesora! Además –continuó la niña hablando algo más bajo–, yo tampoco quiero que los chicos me vean enseñando a nadie. Tienen un rollo excluyente que no me va. Se empeñan en decir que somos especiales. A mí eso me suena un poco pretencioso. Yo prefiero pensar que soy espacial. Por eso me gusta patinar. Tú me caes muy bien. La prueba de que no

me equivocaba contigo la tienes aquí. Quieres aprender a patinar, así que tienes buen gusto y debes ser valiente.

Alma miraba perpleja a Raquel. Siempre le pareció una niña lista, pero introvertida. Incluso pensó que tenía problemas de comunicación. Era evidente que se había equivocado.

Al día siguiente se confirmaron las previsiones. Había una temperatura de cuarenta grados a la sombra y nadie por la calle, excepto Alma y Raquel.

–Si crees que el *snowboard* es duro, estás muy equivocada –dijo la niña dejando su viejo monopatín a los pies de Alma. Luego abrió la mochila y sacó un casco, unos guantes, unas rodilleras y unas coderas.

–¿Tengo que ponerme eso? –preguntó Alma.

–No protestes, porque luego me lo agradecerás.

Alma no tardó mucho en comprobar cuán necesarias eran las protecciones. Primero aprendió a impulsarse y a frenar. Tomar impulso para ganar velocidad fue sencillo. Raquel la felicitó por la posición sobre la tabla, bastante buena para ser principiante. Los movimientos le resultaban familiares por su experiencia en la nieve con la tabla de *snowboard*, pero los problemas aparecieron en las frenadas. Las tres primeras caídas dolieron un poco, pero después todo el cuerpo se entumeció y se volvió insensible. Aun así, estaba contenta, pues le estaba saliendo mejor de lo que esperaba.

Llegó a su casa empapada en sudor y magullada. Se fue a la ducha. La piel le ardía. El agua tibia le causó gran impresión al principio, pero poco después empezó a sentir alivio. Un torrente de suspiros desfilaba por sus labios. Cerró los ojos y, por un momento, creyó que levitaba. Bajo la frescura del agua perdió la noción del tiempo, hasta que su madre tocó en la puerta del baño, preguntando irónicamente si se había ahogado, pues llevaba más de media hora con el grifo abierto. Apenas pudo reunir fuerzas para salir de la bañera, tan relajados habían quedado sus músculos. Después se envolvió en una toalla, se tumbó en la cama y se abandonó en un sueño profundo en el que se mezclaban imágenes de tablas sobre la nieve y ruedas sobre el asfalto.

El verano avanzaba inexorablemente y el calor era insoportable. Para Alma, los días pasaban con más rapidez a medida que prosperaba en su aprendizaje. Raquel explicaba los detalles de algunos ejercicios en la teoría y en la práctica; luego, ella los repetía. Comenzaron practicando el deslizamiento en carril bici. Después aumentaron la velocidad bajando calles y saltando aceras. Eso encantaba a Alma. En cuanto tuvo confianza, prescindió de las protecciones y empezó a practicar el *ollie*. Diseñaron un recorrido por el barrio. Alma seguía a Raquel y trataba de imitar sus movimientos. Pronto se sintió segura y empezó a verlos de otra manera. Se proponía pequeñas metas y avanzaba a medida que las iba superando. Conseguir algunas de ellas le había costado una contusión en el codo, una dislocación de muñeca, un fuerte golpe en la cadera y algunas costras en las rodillas, que no recordaba tener desde que era una niña. A comienzos de septiembre, heredó el viejo monopatín de Raquel y fue presentada «en sociedad».

Profesora y alumna llegaron al parque como si fueran a pasar un examen de ingreso en la Universidad.

–¡Hola, chicos! –saludó Raquel–. Ésta es Alma. Mi profe particular.

Los chicos adoptaron posturas displicentes y saludaron con desgana.

–¡Hola! –dijo Alma sonriendo y sujetando firmemente su patinete, para que no se dieran cuenta de que le temblaban las manos.

–Además de mates y lengua, practica *snowboard* –dijo Raquel.

–¿*Snowboard*? ¿Esa tontería de la nieve? –se burló uno de los chicos.

–Bueno –se excusó Raquel–, yo diría que es parecido al surf en el agua o, si lo prefieres, como dice Manuel Palacios, el *snowboard* es el *skate* cuatro por cuatro.

–Si lo dice él –repuso otro de los niños–, tiene que estar bien.

–Es verdad –afirmó un tercero–. Manuel Palacios es el mejor.

–Pues Alma hace surf muy bien –mintió Raquel–. Y también patina.

–¡Ya! –repuso Álvaro, el primero de los niños que había hablado–. Y por eso lleva tu tabla vieja.

Alma dio un respingo, pero Raquel, que ya esperaba tal respuesta, resolvió airosamente la situación.

–Se la ha ganado porque le he estado enseñando a patinar todas las tardes y se ha esforzado un montón. Además, mira sus rodillas: están tatuadas por el asfalto.

Los chicos miraron las rodillas de Alma y observaron atentamente las señales de los rasponazos. Todos asintieron menos Álvaro, el líder del grupo, a quien Raquel increpó:

–Y tú, sé más educado, porque Alma es mi amiga. Le gustaría patinar con nosotros y puede hacerlo –miró a la chica y añadió–. ¡Venga, Alma, enséñanos lo que sabes!

Alma miró a la niña, respiró profundamente, dejó caer con estilo el monopatín en el suelo y se deslizó hacia la izquierda. Bajó un bordillo y rodó por la carretera en dirección a un enorme poyete con la intención de abordarlo y realizar un *ollie* sobre él. Pero no llevaba suficiente velocidad. La tabla chocó contra el borde del poyete y Alma cayó estrepitosamente contra el suelo. Los chicos, incluida Raquel, empezaron a reírse. Los miró y se dio cuenta de que, aparte de la sangre en el codo, lo máximo que podía pasar, si algo le salía mal, era que se rieran de ella. Empezó a reírse con ellos. La risa relajó su tensión inicial. Se levantó, se limpió la sangre con las manos y volvió a subir al patín. Avanzó con convicción y energía. Subió al poyete en lo que fue su mejor *ollie* del verano. Los chicos, que en un principio se habían mostrado suspicaces, acabaron felicitándola. Mientras, Raquel observaba satisfecha el resultado de su obra. Cuando se marchaban a casa, Alma se acercó a ella y le dijo:

–Gracias por todo. Eres una chica estupenda y una amiga de verdad.

–No me des las gracias. Ahora estamos en paz. Tú me enseñaste a estudiar y yo a ti, a patinar. Cosas sin las cuales no se puede vivir.

Raquel tenía razón porque, desde ese momento, Alma iba patinando a todos sitios, menos al colegio. Tampoco podía ir a clase con falda porque sus rodillas estaban llenas de costras. No quería desvelar sus cartas. Los fines de semana bajaba al parque y patinaba un ratito con los niños para seguir aprendiendo. Ellos, por su parte, le pedían ayuda con los deberes del colegio. Alma lo hacía encantada. Su función de profesora la ponía en un lugar privilegiado que perdía cuando patinaba.

Una tarde de noviembre, mientras tomaban unos refrescos sentados en un banco del parque, unos *skaters* irrumpieron entre los columpios haciendo trucos espectaculares. Todos se levantaron entusiasmados. Alma se quedó asombrada con aquellos chicos. Uno de ellos le llamó la atención de manera especial. Tenía el pelo oscuro y ensortijado, y se movía con una fluidez exquisita.

–¿Los conocéis? –preguntó Alma.

–¡Pues claro! –dijo Raquel–. Son los de la pandilla de Uve Doble.

–¿Uve Doble? –preguntó Alma.

–Sí, así es como llaman a Víctor Velásquez. Es un *pro*. Es buenísimo. Y es guapísimo.

–Ya veo –murmuró Alma.

–Es un artista del patín... y de los muros –continuó Raquel–. Sus *graffiti* están por todo el barrio. Los firma con una *W*. Y, además, es hermano de Álvaro.

Álvaro levantó el brazo y saludó a su hermano. Víctor, que precisamente era el chico en el que Alma se había fijado, se acercó a ellos.

–¿Qué pasa, enano? –preguntó Víctor, al tiempo que revolvía el cabello de su hermano con gesto cariñoso–. ¿Ya has hecho los deberes?

–¡Pues claro! –repuso el niño–. Si este año voy muy bien gracias al fichaje de la temporada –Álvaro señaló a Alma.

–Así que tú eres la famosa Alma –dijo Víctor, mirando con abrumadora insistencia a la chica.

Ella se estremeció ante aquella mirada tan clara como insolente y provocativa.

–¿Fa... fa... famosa? –acertó a decir.

–¡Sí! –afirmó sonriente el muchacho–. Álvaro me ha contado que tiene una amiga que patina, hace surf, es muy lista y le ayuda con los ejercicios de matemáticas. Como comprenderás, no me lo he creído porque mi hermano es muy fantasma –Víctor miró a su hermano y luego volvió a mirar a Alma fijamente–. Ahora me doy cuenta de que me he reído de él sin razón.

–Pues deberías pedirle perdón –repuso la chica esbozando una sonrisa para impedir que le volviera a temblar la voz.

–Lo siento, enano –dijo Víctor–. Tenías razón: es un encanto –añadió en voz baja acercándose a la oreja del niño.

Los amigos de Víctor, que se habían quedado practicando algunos trucos en el parque, le gritaron que seguían su camino. El muchacho les hizo señas para que continuaran.

–¡Ya voy! –gritó y volvió a mirar a Alma–. Tengo que irme. Encantado de conocerte. Y..., por cierto, ¿qué tal se te da la historia del arte?

–Pues... muy bien –contestó Alma perpleja–. ¿Por qué?

–Por si algún día te aburres de patinar con estos niñatos..., me llamas... y andamos por ahí. Voy fatal en esa asignatura –y le guiñó un ojo–. ¡Me alegro de veros, chicos! –dijo, al tiempo que se alejaba montado en su monopatín.

La cara de Alma reflejaba una gran confusión. Algo misterioso le impedía apartar sus ojos de él. En cuanto lo perdió de vista, recobró la compostura, miró a Álvaro y le dijo:

–Tu hermano tiene un morro que se lo pisa. A vosotros os ayudo porque sois mis amigos y porque me da la gana... Pero, si pretende clases gratis, lo lleva claro.

Todos se echaron a reír, cogieron sus patinetes y se fueron a intentar emular a Víctor y a los otros *skaters*. Alma se quedó inmóvil a la espera de una explicación de aquellas risas.

–Con lo lista que eres, a veces pareces tonta –dijo Raquel con una increíble sabiduría–. Víctor está haciendo la carrera de Bellas Artes y una de sus materias preferidas ha sido siempre historia del arte. ¡Le encanta la historia! Yo en tu lugar estaría contenta: el mejor *skater* del barrio te ha invitado a salir.

Al oír eso, Alma se sintió muy halagada y reforzó su confianza. Si un chico como Víctor se interesaba por ella, quizás hubiese una posibilidad de conseguir la amistad de David y sus amigos.

El tiempo se volvió lluvioso y casi no podía salir a patinar. No volvió a ver a Víctor, pero cada vez que veía algún grafito por el barrio, se fijaba en la firma.

Con las primeras nieves del invierno retomó sus clases de *snowboard*. Después de un verano en el ardiente asfalto de Madrid, la nieve le pareció un enorme colchón de plumas donde caer sin miedo al dolor. Progresó bastante, pero no lo suficiente como para sentirse segura y decirle a David que en la próxima Semana Blanca no llevaría sus esquís. Lo cierto es que no se atrevía a dirigirle la palabra. Estaban en el mismo curso, pero iban a diferentes clases y realizaban actividades distintas. Alma, académicamente hablando, era una chica casi perfecta. Sacaba las mejores notas de clase, tocaba el piano y le gustaba la astronomía. Estas aficiones definían bastante su personalidad: dispuesta para el aprendizaje, inquieta, tímida..., pero con deseos de expresarse, incansable soñadora y buscadora de nuevos horizontes. Le encantaba lo que hacía, pero deseaba compartirlo. Le habría gustado tener hermanos, contar con compañeras de clase que no se limitaran a pedirle los resultados de los ejercicios y dejar de ser considerada como una chica rara y solitaria. Que se pasara las noches estudiando, buscando nuevas melodías al piano y mirando las estrellas, en vez de salir por ahí, era motivo de burla para la pandilla de David. Sobre todo, tras el incidente de la última Semana Blanca. Si la veían por los pasillos del colegio, se reían de ella con hirientes comentarios:

–Ahí va la estrella de los palilleros.

–La palillera empollona miraestrellas que se estrella. La chica *Elle*.

–En la Semana Blanca sí que debió de ver las estrellas.

–Sí, sí. Se estrelló muy bien. La palillera estrellada.

–Había que bajarle los humos. En este colegio el espectáculo lo damos los surfistas, no las palilleras.

–Si, al menos, fuera guapa...

–Según los profesores, tiene un bonito cerebro, pero debe de ser lo único que tiene bonito.

Ella escuchaba los comentarios, pero se hacía la despistada y miraba al suelo. Confiaba en que cambiarían de parecer en cuanto la vieran con su tabla.

Febrero era el mes favorito de Alma porque el colegio programaba la Semana Blanca. El destino de aquel año era Sierra Nevada.

Domingo

Alma se presentó de las primeras en la puerta del colegio. Metió su reluciente tabla nueva en el maletero del autocar y subió a toda prisa para ocupar uno de los asientos de la parte delantera. David llegó el último. Era su particular forma de hacerse notar. Se sentó con sus amigos en los asientos del fondo y se pasó el viaje hablando y riendo con Cristina Garcés, una chica de la clase de Alma.

El destino había querido que Alma compartiera alojamiento con Cristina y con sus dos amigas, Begoña y Beatriz. El trío que formaban era espectacular, porque Cristina era guapísima, de cabellos rubios y algo arrogante; Begoña, alta, delgada y con una larga melena negra; y Beatriz tenía el pelo rojo y rizado, y una cara redonda que acompañaba a su estupenda figura. Eran las chicas más populares del colegio. Todo el mundo intentaba hacerse un hueco en su círculo de amistades. No obstante, eran ellas las que elegían. Casi siempre salían con el grupo de David. Todos en el colegio las llamaban las Bellezas porque, además de ser muy guapas, habían consagrado sus vidas a esa causa. Cristina quería ser modelo; Beatriz, diseñadora y Begoña, publicista. Así que, como las habitaciones del hotel eran de cuatro ocupantes y en el reparto Alma había quedado sola, por un lado, y las Bellezas, por otro, la profesora las había colocado en la misma habitación, lo que no fue del agrado de ninguna de ellas. Alma habría preferido compartir cuarto con desconocidas de cualquier otro curso. Bastaba con ponerse a su lado para que quedara en evidencia que no tenía nada en común con esas chicas. No eran malas estudiantes y parecían bastante divertidas, pero su excesiva preocupación por el aspecto físico marcaba una distancia que para Alma se hacía insalvable. Por otra parte, también era cierto que, si quería formar parte del grupo de David, lo mejor sería empezar por ganarse la confianza de sus compañeras, aunque sabía que no sería nada fácil. En alguna ocasión, durante el viaje, le había parecido oír que las chicas se quejaban de que las habían puesto en la habitación con «la más aburrida del colegio». David bromeaba diciendo que, al menos, no las molestaría demasiado, porque siempre estaba en las nubes.

Una vez en el hotel, se las ingenió para sacar sus cosas del autocar de tal forma que David y los demás no la vieran. Discretamente, guardó su equipo en los guardaesquís, subió a su cuarto y dejó la maleta en una esquina. Sus compañeras mantenían una animada conversación sobre diseño de moda y parecían ignorarla. Alma no tenía ni idea del tema y aún no se sentía segura para estar a solas con ellas demasiado tiempo. Les dijo que eligieran cama, porque no le importaba quedarse con la que sobrara, y se marchó con la excusa de consultar las previsiones meteorológicas para la semana.

Tras la cena, todos fueron convocados para formar, junto a los monitores de la estación, los grupos de alumnos de las diferentes modalidades de deportes de nieve. Cuando el profesor dijo: «Los que quieran recibir clases de *snowboard*, que pasen a la sala de al lado», su corazón empezó a latir desenfrenadamente. El momento había llegado. David y su pandilla se levantaron y salieron de la sala haciendo comentarios despectivos sobre el resto de los alumnos. «Ya era hora de que nos separaran de los palilleros», decían. Alma se armó de valor y se puso en pie. Caminó decididamente tras el grupo. David, que iba en último lugar, se disponía a cerrar la puerta de la sala contigua cuando se topó de frente con ella.

—Tú, ¿dónde vas, palillera? —dijo al verla—. Te confundes de sala.

—No. Te confundes tú al llamarme palillera —repuso Alma. Pasó junto a él, cruzó con decisión la sala y se sentó al fondo mientras el resto de los chicos murmuraban a su paso. David se quedó perplejo.

—¿Quién se cree ésta que es? Siempre será una palillera —dijo mientras se sentaba delante de ella.

Alma sonreía y aparentaba seguridad, pero lo cierto es que las piernas le temblaban tanto que tenía que sonreír para intentar controlar sus nervios. Cuando el monitor le preguntó por su nivel de *snowboard*, contestó que llevaba poco tiempo practicando; por tanto, la pusieron en el grupo de los más inexpertos. La reunión terminó. David se acercó a ella y le dijo:

–Así que..., te pasas al enemigo. ¿Qué vendrá después? ¿Un suspenso?

Los demás chicos le rieron la gracia. Alma sonrió irónicamente, tomó aire y se dispuso a asestar uno de los golpes que tenía preparados:

–No soy tan estúpida como para estropear mi porvenir. Aprender *snowboard* completa mi educación, porque es imposible que yo esquíe mejor –respiró más segura al ver la expresión de sorpresa de David, tras su incisiva respuesta, y se decidió a rematar la jugada–. Por cierto, por si no lo sabías, mi nombre es Alma.

Se dio media vuelta y caminó todo lo despacio que pudo, aunque su cuerpo le pedía salir corriendo. Entró en el ascensor y, en cuanto se cerraron las puertas, respiró profundamente. Estaba a punto de desmayarse, pero se sentía vencedora.

Lunes

El día amaneció soleado. Era un buen presagio. Tomó su clase de *snowboard*. Alma no conocía a ninguno de sus compañeros, ya que la mayoría era de cursos inferiores. Se sintió rara porque, cuando esquiaba, lo normal era que fuera la más joven del grupo. A la hora del almuerzo acabaron las clases y el monitor le dijo que tenía que cambiar de grupo, porque su nivel era superior. Tenían el resto del día libre para esquiar por donde y con quien quisieran. Sus compañeros de esquí, en las otras Semanas Blancas, eran de cursos superiores y ya no estaban en el colegio. De este modo, Alma se dijo que tendría que bajar sola: «El *snowboard* no es el esquí. Requiere otro ritmo y otra mentalidad». Inmersa en sus pensamientos, no se percató de que David se había acercado a ella. Se dio un gran susto cuando oyó su voz.

—Me han dicho que no lo haces mal y que te van a cambiar de grupo —repuso el muchacho.

—Así es –dijo Alma con aplomo en cuanto se compuso de la sorpresa.

—Me gustaría comprobarlo. ¿Te haces una bajadita con nosotros? –preguntó David.

—Sí, claro, como el año pasado. ¿Quieres que la palillera empollona vuelva a ver las estrellas? No, gracias. Prefiero bajar sola –contestó Alma.

—Aquello fue una broma. Somos surfistas y tú eras la mejor palillera del colegio. No sabía que ahora hacías surf. Te pido disculpas por lo del año pasado, si te sirve de algo.

Alma relajó su postura. El muchacho se dio cuenta y prosiguió:

—Venga, Alma. No puedes andar sola. Los profes no nos dejan y tú siempre cumples las reglas.

David había pronunciado su nombre por primera vez.

—¿Por qué quieres que os acompañe? –preguntó rehaciéndose–. Yo no hago surf tan bien como vosotros. Seguro que os entorpeceré las bajadas.

—Es el primer día. Hoy no vamos a ir muy fuertes –insistió David.

—¡Apenas os conozco de veros por el colegio! Conoces mi nombre porque te lo dije ayer, pero no sabes nada más de mí.

—Bueno..., sé que ya no eres una palillera. Te restaré una *elle* –dijo David. Alma lo miró algo incómoda y él le devolvió una de sus encantadoras sonrisas–. Vamos –prosiguió el muchacho–, no te enfades. Tienes razón. No te conozco, pero tengo curiosidad. Si bajas con nosotros, podré conocerte más. ¿No te parece?

–Está bien –accedió ella.

Cayó en la trampa. En los ojos de David brilló un destello de satisfacción. Miró a sus amigos. Todos sonrieron, cómplices. Cogieron la silla de cuatro. Subieron charlando amistosamente. Alma no pronunció más de dos palabras seguidas. Sus nervios estaban a flor de piel. Trataba de concentrarse observando el recorrido de la pista por la que pensaban ir. Se preguntaba qué impresión les causaría su forma de practicar surf. No encontró respuesta porque, cuando se disponía a bajar del remonte, David la empujó con malicia y la hizo caer, mientras sus amigos se burlaban cruelmente.

–No lo intentes más –dijo David con irónica sonrisa–. Siempre serás una palillera.

–¡Vuelve a los palillos! –gritó otro.

–Sí, eso –se burló un tercero–, que a los aburridos palilleros les caes mejor.

–¡Eso no es posible! –añadió David–. Porque caer, no se puede caer mejor.

Todos rieron el chiste. Después ajustaron sus ataduras y la abandonaron sin compasión. Alma había intentado levantarse, pero no lo había conseguido. Debido al abatimiento que la invadía, le parecía que su cuerpo pesaba toneladas. Se quedó tendida en el suelo tratando de evitar las embestidas de las sillas, que seguían pasando sobre su cabeza, afortunadamente vacías; mientras, sus ojos se llenaban de lágrimas. El encargado del remonte detuvo la silla y la ayudó a levantarse. Estaba demudada. Con lo que le había costado empezar en nuevos deportes y abandonar su cómoda vida de esquiadora..., todo había sido en vano. David Terrón la odiaba y nunca podrían ser amigos.

Apoyó la tabla en la nieve y se sentó encima. Se tapó la cara con las manos y comenzó a sollozar. Lo que había concebido como la semana de sus sueños, se había convertido en un infierno.

«¿Por qué seré tan estúpida?», se preguntaba. «¿Por qué estoy aquí llorando, sentada en una tabla de *snowboard*, en vez de estar por ahí esquiando y divirtiéndome?»

El sol bañaba la desesperación de Alma. Se sentía humillada y vencida. De pronto, percibió que algo se interponía entre ella y el sol. Apartó sus manos de la cara y descubrió unas siluetas. Llevaban tablas de *snowboard*. Por un momento pensó que David y los demás habían vuelto para decirle que todo había sido una broma. La desconocida voz del chico que estaba más adelantado la sacó de su error.

–¿Te encuentras bien? ¿Te has hecho daño?

Los chicos estaban a contraluz y no podía distinguir sus caras. Pero estaba claro que no los conocía y que no pertenecían al colegio, porque parecían mayores.

–No me he hecho daño –contestó Alma mientras trataba de sorber sus lágrimas.

–Pero no te encuentras bien, ¿verdad? –indagó el chico. Alma negó con la cabeza. Estaba muerta de vergüenza, llorando frente a unos desconocidos. Si David se enteraba de eso, añadiría otra *elle* a su apodo: la de llorona.

–Id bajando. Luego nos vemos –habló de nuevo el chico dirigiéndose a sus dos amigos. Éstos se ajustaron las fijaciones y se marcharon. El chico se sentó junto a Alma–. He visto lo que te han hecho esos chavales –añadió.

–Ya –asintió Alma.

–¿Sabes por qué lo han hecho? –preguntó él.

–Creo que me odian –dijo Alma– porque saco buenas notas y... –contuvo el llanto– esquío muy bien... Así que no creo que les haga mucha gracia que ahora quiera hacer *snowboard*.

–El *snowboard* es la peste –murmuró el chico.

–¿Qué has dicho? –preguntó Alma.

–Que no sé por qué, algunos se empeñan en convertir un deporte estupendo en algo excluyente. ¿Cómo te llamas?

–Alma.

–Bien, Alma. Lo mejor es que bajes en la silla hasta la cafetería y que te tomes algo para relajarte.

–¡No, no! –exclamó la chica bastante avergonzada–. No te preocupes. Agradezco tu ayuda, pero bajaré haciendo surf.

–Estás en una pista de máxima dificultad. ¿Crees que podrás bajarla?

–Creo que sí –contestó ella secándose los ojos con las manos.

–Vale. Bajaré contigo –resolvió el chico–. Haremos giros amplios y tú tratarás de seguir mi huella.

La cara de Alma reflejó su inseguridad. El muchacho se dio cuenta y le dijo:

–No te preocupes, que todo va a ir bien.

La voz tranquilizadora de su interlocutor hizo que ella se sintiera más segura.

—De acuerdo —le dijo decidida—. Te seguiré.

Bajaron prudentemente hasta el final de la pista. Alma iba muy concentrada, siguiendo a su benefactor, y él iba pendiente de los movimientos de aquella inocente alma perdida. Realizaron un descenso suave y limpio. Llegaron con comodidad hasta Borreguiles. Alma creía que aquel chico iba a despedirse, pero no fue así.

—Andas muy bien. Tus amigos son unos cretinos por haberte dejado allí arriba.

—No son mis amigos —protestó Alma con amargura—. Sólo son chicos del cole. Subí con ellos por no estar sola.

—Pues, si quieres, seguimos bajando.

—¡Sí! —exclamó Alma sonriendo agradecida—. ¡Genial! Me encantaría.

Hacer surf tras aquel chico había despertado en ella un agradable efecto de liberación. El abatimiento y la humillación que había sufrido en el telesilla se habían transformado en alivio y satisfacción al comprobar que un desconocido hacía surf a su lado como si la conociera de toda la vida. El descenso de la pista del Río fue rápido y fluido. Alma lo seguía diligente y él se deslizaba con estilo depurado, como en un videojuego. Una vez que llegaron a Pradollano, se quitaron las tablas.

—Bueno, Alma —dijo el chico—, ha sido un placer. Yo ya me retiro, pero espero verte otro día. Y pasa de esos chicos. No merecen hacer surf contigo.

—Gracias por todo —dijo Alma.

El joven le dedicó una cálida sonrisa y se alejó en dirección a la escalera que enlazaba la pista del Río con la Maribel.

Alma observaba cómo ascendía con soltura por las resbaladizas escaleras cubiertas de nieve derretida. Era alto y delgado. Su rostro apareció anguloso tras las gafas de ventisca. Le pareció guapísimo. Entonces, como si hubiera leído sus pensamientos, el chico se asomó por la barandilla y le sonrió.

–Espera –gritó Alma sorprendida–. ¿Cómo te llamas?

–Manuel –dijo él. Y desapareció.

Por la noche, David se acercó a la mesa donde ella estaba cenando y le preguntó:

–¿Que tal el día, chica *Elle*?

–Estupendo –contestó Alma, desconfiada con el repentino interés de David.

–¿Fuiste capaz de bajar la pista o bajaste en la silla? –preguntó David de forma mordaz.

–¿Realmente te interesa o es que no hay nadie más en el colegio de quien puedas reírte? –repuso Alma defendiéndose de la irónica pregunta.

–Realmente me interesa, porque he apostado a que bajabas en la silla –repuso David, arrogante.

–Pues has perdido –dijo Alma con la sorprendente templanza que escondía su fracaso, y que la acompañaba desde que se despidió de Manuel en Pradollano.

–¿En serio? ¡No me lo creo! –se burló David mientras sus amigos observaban atentamente.

–Piensa lo que quieras –contestó Alma.

David se dio media vuelta, volvió junto a su pandilla y, por un momento, Alma creyó ver que se sentía incómodo con la situación. Quizás sólo se comportaba así con ella para demostrar su liderazgo ante sus compañeros.

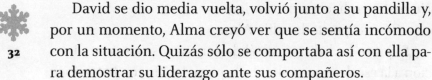

Después de cenar, sus compañeras de habitación le dijeron que iban a salir con la pandilla de Terrón y la invitaron a que las acompañara. Pero Alma sabía que no caía bien a esas chicas e intuía que la habían invitado para burlarse de ella una vez más. Además, Cristina alardeaba de que David Terrón andaba detrás de ella desde Primaria y aseguraba que en breve serían novios. Alma se quedó sola en su cuarto. Estaba confusa y necesitaba reflexionar. Nada estaba saliendo como esperaba. Decidió que, como lo más probable era que David y Cristina estuvieran riéndose a su costa mientras ella se devanaba los sesos, lo mejor era olvidarse de todo, pasar la semana discretamente y esperar a que terminara cuanto antes. Después de todo, ya no había vuelta atrás. Arriba en la silla, en medio de la desesperación, pensó en la idea de tirar la tabla y volver a los esquís, pues su estrategia de convertirse en surfista para conseguir la amistad de David y los demás había fracasado. Si volviera a esquiar y ayudara a las Bellezas a hacerlo mejor, con un poco de suerte, la opinión que tenían de ella cambiaría. Sin embargo, no sentía deseos de volver a esquiar, sino de seguir con el surf. De hecho, el descenso junto a su desconocido salvador había supuesto un alivio y una inyección de moral. Por tanto, sus días de esquiadora habían terminado. El diablo del *snowboard* se le había metido en el cuerpo. Y también el del *skate*. Deseó ver a Raquel y a sus jóvenes amigos del barrio. «Y también a Víctor», pensó justo antes de caer en un sueño profundo.

Martes

A la mañana siguiente despertó con la mente serena y clara; lo contrario del día, que estaba nublado. Cuando salió de la habitación, sus compañeras seguían durmiendo. Alma fue a encontrarse con su nuevo grupo. Estaba compuesto por chicos de varios cursos. Entre ellos estaba Coral. Alma la conocía, pues habían estado en la misma clase hasta que Coral repitió curso. Nunca fueron amigas porque no tenían demasiado en común, pero Alma se sintió confortada al encontrar a alguien conocido. Se acercó a ella y la saludó:

–¡Hola! ¿Te acuerdas de mí? En primero estábamos en la misma clase.

–Sí, claro –contestó Coral–: la chica de las estrellas. Recuerdo que, siempre que había tema libre para algún trabajo, tú lo hacías de astronomía... ¡Y que sacabas muy buenas notas!

–Yo recuerdo de ti que eras muy peleona y resolutiva en el equipo de baloncesto, y que nunca te cortabas con los profesores.

–Ya no juego con el equipo del colegio. Me rompí la muñeca y les faltó tiempo para encontrarme sustituta –repuso con ironía–. Y ya no suelo tener problemas con los profes, porque no suspendo ninguna asignatura.

–Me alegro –dijo Alma–. Estoy encantada de estar en este grupo. En el que estuve ayer todavía están con el giro base. Tú, ¿desde cuándo haces surf? –preguntó, intentando distender la conversación.

–Ésta es mi segunda temporada –contestó Coral muy escueta.

–¡Vaya, igual que yo! –exclamó Alma.

–Pues será lo único que tengamos en común –afirmó rígidamente Coral.

Aquellas palabras encendieron las alertas en el pensamiento de Alma. Tuvo la impresión de que entre aquellos chicos tampoco encontraría amigos con quienes practicar surf después de clase. Por suerte, el monitor era muy simpático y le indicó algunas cosas que le vinieron muy bien:

–Tienes tendencia a juntar las rodillas. Ábrelas un poco. La flexión te dará más estabilidad.

Alma estuvo practicando y el monitor la felicitó. Cuando terminó la clase, sus compañeros desaparecieron antes de que Alma llegara a preguntarse si la aceptarían en su grupo. Se fue sola a almorzar y se dedicó a observar a todo aquel que bajaba por delante de los bares de Borreguiles. Sentía gran inquietud por ver a David. Apuraba un zumo de naranja con ansiedad, como si quisiera beberse de un trago sus conflictos adolescentes, cuando notó el contacto de una mano sobre su hombro. Se dio la vuelta, sobresaltada, y descubrió a Manuel.

–¡Hola, Almita! ¿Recuperando fuerzas?

–¡Hola! Sí.

Manuel se sentó a su lado y la observó. Allí sentada parecía muy pequeña y vulnerable, con la cabeza inclinada buscando algo en su mochila.

–Tengo una manzana, ¿la quieres? –preguntó Alma al tiempo que alargaba su mano ofreciéndole la fruta. Manuel la cogió, la mordió sin darle las gracias y preguntó con la boca llena:

–¿Siempre almuerzas sola?

–Es que, como me han cambiado de clase de *snowboard*, no conozco a nadie.

–¿Has tenido clase? –preguntó Manuel.

Alma afirmó con la cabeza y dijo:

–Sí, es obligatorio. Es que he venido con el colegio. Semana blanca, ya sabes.

–Entonces, ¿por qué no bajas conmigo y me enseñas lo que has aprendido?

Al oír esa pregunta, Alma sintió una alegría inmensa porque, a pesar de sus miedos, era una chica muy sociable; no le gustaba estar demasiado tiempo a solas, aunque casi siempre lo estaba. Sus ojos se iluminaron. Se mordió el labio inferior. Se puso colorada y tuvo que llevarse las manos a la cara. El contacto frío de sus manos contra su ardiente rostro provocó en ella una risilla acompañada de una exclamación contenida. Manuel observaba divertido la reacción de la chiquilla. Se levantó y le dijo:

–Vamos, ¿a qué esperas? ¡Ponte la tabla!

Alma se puso en pie y le dio la vuelta a su tabla. Se disponía a sentarse sobre la nieve, cuando Manuel le preguntó:

–¿Qué haces?

–Sentarme –contestó ella–, para ponerme la tabla.

–Te la puedes poner de pie. Tienes que hacer un surco en la nieve con el pie en el que tengas puesta la atadura. Mira –explicó Manuel; ajustó la atadura del pie izquierdo y empezó a golpear la nieve con el canto de talones–. Después, colocas el lado de la tabla sin atadura sobre el surco. Te desplazas, en tu caso, hacia la izquierda y haces un nuevo surco para el pie en el que ya tienes puesta la atadura. Así –siguió golpeando la nieve–. Ahora tienes la tabla sujeta firmemente bajo tus pies. Puedes doblar el tronco y apretarte las ataduras de pie, posición en la que hacemos surf.

Alma observaba atentamente a Manuel. Acababa de mostrarle el camino. A ella no le gustaba nada mojarse el trasero para ponerse las ataduras. Manuel lo había hecho de una manera tan sencilla y práctica que no pudo resistirse a probarlo. Imitó todos sus movimientos y logró ponerse las ataduras casi tan rápidamente como lo había hecho el propio Manuel. Le pareció más fácil y cómodo que desde el suelo. Cuando estuvo lista, levantó la cabeza y lo miró sonriente.

–¡Qué bien! ¡Ya estoy lista! ¡Es genial! Gracias por enseñármelo.

Manuel, encantado de ver el brillo de sus ojos, pensó que su nombre estaba realmente muy bien elegido, porque a esa niña le rebosaba el alma por todo el cuerpo.

Bajaron por las pistas lentamente. Manuel observaba a la chica. El temblor del día anterior había desaparecido y ahora descendía relajada y contenta. En su mente tan sólo había espacio para la nieve. Cuando llegaron abajo, también le enseñó a quitarse la tabla con facilidad. Luego se dirigieron a la telecabina.

–Lo haces muy bien. Se nota que has recibido clases. Ahora sólo te falta un poco de confianza para bajar con más rapidez y seguir progresando.

–Yo creía que el *snowboard* no era un deporte de velocidad –comentó Alma.

–Depende de tus pretensiones. Es como montar en moto; no puedes tumbar la moto en una curva si no llevas la velocidad y el impulso adecuados. Si quieres volar, tienes que ir rápidamente.

–¿Volar? Querrás decir saltar.

–No. Quiero decir exactamente lo que he dicho.

En la telecabina, Manuel le indicó por dónde debía bajar y el lugar en que podía esperarlo. Él iba a salirse un poco de la pista para enseñarle a qué se refería con lo de volar. Alma bajó hasta la torre de la antigua telecabina y esperó. Miraba hacia las cumbres tratando de descubrir la silueta de Manuel. Apareció por una zona escarpada. Había poca nieve en la estación y los picos de las piedras descollaban peligrosamente. La pendiente era terrible. «Espero que no se tire por ahí», se dijo la chica.

Un giro, otro giro, otro giro y hacia abajo. Le vio precipitarse a toda velocidad hacia un montículo de nieve del que sobresalía una oscura piedra acabada en punta. Manuel tomó el salto, se elevó y planeó un montón de metros, tan lejos y con tal gracia que Alma pensó que, por un momento, el tiempo se había detenido.

–¡Vaya! –exclamó Alma–. Esto sí que no me lo esperaba.

Manuel se acercó a ella y le preguntó:

–¿Qué te ha parecido?

–Ha sido increíble. Deberías dedicarte a esto –contestó la chica.

–Sí –rió Manuel–. Ya me lo han dicho otras veces.

Siguieron haciendo surf un rato más. A cada instante que pasaba, Alma se daba cuenta de lo bien que lo hacía Manuel. Parecía tan sencillo... Abandonaba la pista constantemente para ir en busca de saltos o descensos difíciles, no sin antes indicarle a ella, que lo seguía entusiasmada, por dónde debía bajar para ir más segura. Sus saltos eran preciosos. Parecía suspendido en el aire. Poco después llegaron al pie de la telecabina y, de nuevo, Manuel se marchó escaleras arriba diciéndole a Alma que se lo había pasado muy bien con ella. «No tanto como yo», pensó Alma.

Por la tarde, durante la hora de estudio, sus peores temores se vieron confirmados. Las Bellezas se sentaron con Terrón y los demás. Pasaron la hora mandándose mensajitos. Alma miraba de vez en cuando. El caos reinaba en su pensamiento. Por un lado, quería enfrentarse a la verdad y ver con sus propios ojos que David, Cristina y los otros chicos jamás aceptarían su amistad por mucho que ella lo intentara; por otro lado, deseaba que lo ocurrido el día anterior sólo fuera una broma pesada, así albergaría la esperanza de una última oportunidad. Entonces, ocurrió lo inevitable. David le pasó un papelito a Cristina, ella lo leyó, miró a Alma y aguantó la risa para evitar que los profesores les llamaran la atención. El papelito circuló por toda la mesa y todo el que lo leía miraba a Alma y ahogaba una carcajada. Alma hundió la cabeza en el libro. «¡En qué estaría pensando cuando supuse que, si aprendía a hacer surf, conseguiría ser su amiga! ¡Cómo he podido ser tan idiota!», se dijo. Quería que se la tragara la tierra. Miró a su alrededor para asegurarse de que nadie había visto su reacción. La sala parecía ajena. Se equivocaba. Coral, empujada por la curiosidad que Alma había despertado en ella por la mañana, lo había visto todo, pero Alma no reparó en ella.

Después de la cena, en la que había comido poco, pues estaba tan triste que no tenía apetito, se fue a su habitación y esperó a que sus compañeras de cuarto se marcharan. Cuando lo hicieron, salió al balcón para espiarlas. En la puerta del hotel las esperaba el grupo de Terrón. Se dio media vuelta, cerró la ventana, se tumbó boca arriba en la cama y, con la mirada fija en el techo, comenzó a llorar. Las lágrimas fluían tibias sobre su rostro helado por la brisa de la montaña. Una de ellas se alojó en sus labios y saboreó su gusto salado. El llanto fue tan sereno y liberador que la sumió en un estado de quietud y le propició un sueño reparador.

Miércoles

Por la mañana despertó con el espíritu ligero. El llanto de la noche anterior había actuado como un bálsamo en su ánimo. «La vida continúa», se repetía una y otra vez. Se vistió pensando que era un buen día para olvidar lo que había pasado.

«Es una tontería querer a quien no te quiere», se dijo. «Pero, ya que estoy aquí, tendré que progresar, al menos, en el *snowboard*».

Su objetivo para la Semana Blanca había dejado de ser, de manera forzosa, ingresar en el grupo de los más populares del colegio para dejar atrás su fama de aburrida. Salió a la calle dispuesta a probar con algún salto. En las pistas había mucha niebla y unos finos copos de nieve caían de vez en cuando. La poca visibilidad restó confianza a la chica. Se reunió con su grupo de *snowboard*. Todos charlaban amistosamente. Coral hablaba y reía con el monitor. Era la de mayor edad. A eso se añadía su estatura de un metro setenta y ocho centímetros, su recortado pelo rubio y su gesto serio y autoritario, lo que la convertía en una líder nata. Alma permanecía callada y observaba el grupo. Envidiada la seguridad en sí misma que, aparentemente, tenía Coral. Cuando empezó la clase, se colocó la primera de la fila, detrás del monitor. Después de todo, estaba allí para aprender. Si sus compañeros no querían su amistad, no había nada más que hacer. Tenía claro que no iba a desperdiciar ni un segundo del día. Disfrutó de la clase. Le gustó hacer surf tras el profesor porque le iba marcando el camino y, como iba concentrada en seguirlo, apenas cometió errores.

La jornada transcurrió con tranquilidad. Después de clase, todos se marcharon y se quedó sola. «Por lo visto, soy especialista en caer mal a la gente del cole», pensó.

Las nubes se habían vuelto muy espesas y se adueñaron de las pistas. Apenas se apreciaba el camino por el que discurrían. Decidió que lo mejor era bajar la pista del Río, que era la que más visibilidad tenía, y marcharse al hotel a esconderse del mundo. Ya en Pradollano caminaba algo triste y resignada por verse sola una vez más de camino a la habitación, a pesar de las ganas que tenía de hacer surf. Al pasar por delante del escaparate de una tienda, contempló su propia imagen en el cristal. Súbitamente, se dio cuenta de que le gustaba el aspecto que tenía con el pelo revuelto y húmedo, las gafas de ventisca y su tabla bajo el brazo. Se quedó allí unos instantes observándose ensimismada, hasta que otra figura apareció reflejada en el cristal junto a la suya.

–¿De compras? –preguntó Manuel.

–¡Hola! No, sólo miraba –contestó Alma ruborizada. «Este chico siempre surge de la nada», pensó–. Ya me voy a casa, digo, al hotel.

–¿No haces surf?

–Es que no se ve nada y me da miedo bajar sola.

–Si quieres, andamos un rato juntos.

–Gracias, pero no quiero entretenerte. Tú lo haces muy bien y yo soy una principiante a tu lado. No quiero ser una carga para ti.

–Yo sé cómo hace surf una persona en cuanto la veo bajar de la silla. ¿Crees que te diría que vinieras conmigo, si creyera que no pudieras hacerlo? –miró a la chica y en su gesto entrevió sus deseos de ir con él–. Quedan, al menos, tres horas de luz. Te prometo que no te pondré en apuros.

–De eso estoy segura –murmuró. Volvió a mirar al cristal. Su reflejo al lado de Manuel le parecía el de otra persona. Alguien en quien ella se fijaría, si la viera pasar por la calle–. Vale, será divertido –dijo al fin.

Ya en la telecabina, Alma observaba cómo la niebla se hacía más densa a medida que iban ascendiendo. Se aferraba a su tabla contemplando el blanco vacío que se extendía a su alrededor. Luego tomaron una silla. Una leve ventisca la obligaba a esconder la nariz dentro de su chupa y el frío la hacía tiritar. Manuel se quitó el gorro de lana roja que llevaba y se lo tendió a Alma.

–Póntelo –dijo–. El calor se escapa por la cabeza. En días como hoy, no debes olvidar tu gorro.

Alma le dio las gracias y se lo puso. Miró al chico y se preguntó cómo era posible que él no tuviera frío.

La silla llegó a su fin y se dirigieron hacia las pistas. Alma escudriñaba el espacio que los envolvía tratando de distinguir el níveo piso. La niebla era tan espesa allí arriba que era muy difícil ver algo más allá de dos metros. La chica miró a Manuel y él advirtió la inseguridad en sus ojos.

–Vamos, Almita. Si te da miedo, nos volvemos por donde hemos venido –dijo Manuel.

–¡No, qué va! Me muero de ganas de hacer surf, pero..., es que no se ve nada.

Manuel sacó de su bolsillo una cadena con un silbato, la colgó alrededor del cuello de la chica y dijo:

–Si te despistas y te pierdes, no tienes más que soplar con fuerza y estaré a tu lado en un momento.

–Vale, pero espero no perderme –contestó la chica.

Empezaron a descender suavemente. En verdad, no se veía nada. Alma tenía puesta toda su atención en la silueta de Manuel. A su alrededor, el sordo silencio blanco lo llenaba todo y bajo sus pies sentía el tacto de la nieve acompañado tan sólo por el sonido de su tabla. Afinó su concentración para que la vista dejara de ser el sentido principal y tomaran el relevo el tacto y el oído. Movimiento y sonido se conjugaron como en una melodía y, de repente, su descenso se convirtió en una relajada danza que la invadió y liberó. Entonces lo sintió. En su cabeza se produjo una especie de chasquido, como cuando se abre un candado, y el miedo salió de su mente. De pronto, se sintió plena y poderosa. Siguió descendiendo cada vez a más velocidad.

Todos sus movimientos parecían conducidos, pero era ella la que tenía el control.

–¡Estoy haciendo surf! –gritó inesperadamente. Su voz resonó con claridad unos metros más abajo, donde estaba Manuel.

–¡Sí! –exclamó el chico, encantado con el entusiasmo de Alma.

Pero la joven no lo oyó. Las sensaciones que estaba experimentando eran nuevas para ella. De todas las veces que había estado en la nieve, ésa era la primera que sentía una evolución consciente e individual. Sus pies eran sus ojos, pues el contacto con la nieve bajo la tabla era lo que le indicaba por dónde tenía que seguir. Si notaba un desnivel o que la nieve se volvía más dura, rectificaba la trayectoria y continuaba bajando tranquilamente. La confianza la llevó a adelantar a Manuel. Ante ella se extendía un inmenso e incorpóreo vacío albo.

–Esto es increíble –se dijo Alma–. No veo nada y estoy bajando mejor que nunca.

La satisfacción la desafió a cerrar los ojos para completar el descenso a ciegas. De todas maneras, con los ojos abiertos tampoco veía nada. Un giro, otro y, de repente, bajo la tabla, el suelo desapareció. La insolencia dio paso al dolor. Su rodilla castigada con muchos años de esquí avisaba de su delicadeza en cada movimiento brusco.

–¡Ayyy! –se dolía mientras rodaba por la ladera. La nieve recién caída contribuyó en los intentos de la chica por detener la tabla–. ¡Esto me pasa por lista! Espero no haberme hecho nada –dijo tras conseguir parar.

Frotó su rodilla para calmar el dolor y esperó a que pasara Manuel, pero no pasó. A su alrededor la niebla era más opaca a cada instante. Estaba empezando a perder la calma, cuando oyó sobre su cabeza la voz de Manuel:

–¡Alma!

–¡Estoy aquí! –gritó ella aliviada.

–¡Alma! –gritó de nuevo Manuel, que no podía oír la voz de la chica.

Entonces Alma recordó el silbato, lo buscó apresuradamente y sopló con todas sus fuerzas.

Mágicamente, el sonido del silbato llegó acompañado de una ligera ventisca, que apartó lo suficiente la niebla para que Manuel descubriera la figura de Alma, sentada en la nieve y soplando enérgicamente. Había caído por el lateral de la pista. El desnivel terminaba en otra pista, que a su vez discurría por un camino inferior. Manuel sonrió y después preguntó:

–¿Estás bien?

–¡Sí! –gritó la chica–. Pero no sé cómo salir de aquí.

–Baja el lateral en derrapaje a máxima pendiente y continúa por la pista inferior; despacito y pegada a la pared para que no te vuelvas a salir. Son unos trescientos metros hasta la silla. Nos vemos allí. Venga, baja, que yo te vea llegar a la pista.

Alma se puso obedientemente de pie y empezó a bajar a trompicones, desplazando gran cantidad de nieve en cada movimiento. Cuando llegó a la pista inferior, la niebla volvió a cerrarse y ya no pudo ver nada más. Inclinó el *nose* y la tabla empezó a deslizarse suavemente. Realizaba los giros en poco espacio. La pendiente no era muy pronunciada, así que la lentitud del descenso le dio confianza. Empezó a cerrar un poco más los giros y la velocidad aumentó. Unos segundos después, oyó el sonido de la silla y descubrió a Manuel esperándola.

–¿Todo bien? –preguntó el chico.

–Sí, no me duele nada –respondió ella divertida.

–Vale, pues si quieres seguir así, no vuelvas a adelantarme –la reprendió Manuel muy serio, sin apartar sus ojos de los de Alma–. Soy yo el que te ha invitado a hacer surf en la niebla. No me quiero sentir responsable si te haces daño.

Alma borró la sonrisa de su cara y su gesto se tornó grave, como cuando su madre la regañaba por montar en patinete por las calles. Manuel se dio cuenta de su abatimiento y afinó el tono de sus palabras.

–Conozco la sierra mejor que mi casa. Si me sigues, no volverás a perderte. ¿Está claro?

–Cristalino –respondió Alma.

Más tarde, Alma llegó al hotel y encontró a sus compañeras de habitación en la puerta. Le contaron que todo el mundo había vuelto hacía horas, que los profesores habían estado llamando a su móvil y que, como no contestaba, todos la daban por perdida y que estaban a punto de llamar a la Guardia Civil.

–¡Pero si son las cinco! –protestó Alma–. El tiempo libre acaba a las seis. Llevo el teléfono en la mochila y no lo he oído. Estaba haciendo surf. No sé por qué se ha armado tanto jaleo.

47

–Porque eres una alumna ejemplar que no suele comportarse de manera irresponsable –dijo Mercedes, la tutora de Alma, apareciendo enseguida. La estaba esperando en el recibidor del hotel–. Todos los chicos del colegio estaban aquí. ¡Todos, menos tú! Sabes que no se puede esquiar en solitario y menos, con niebla.

–¡No he estado sola! –replicó Alma–. Puedo ser temeraria por hacer surf con tanta niebla, pero ni estoy loca ni he sido irresponsable. He pasado el día con un amigo que conoce la estación al dedillo. En ningún momento he estado en peligro. Y me lo he pasado genial.

Al decir esta última frase, una sonrisa de satisfacción invadió su semblante. Su tutora lo percibió claramente y le preguntó:

–Ese amigo tuyo, ¿es de otro colegio?

–No, es mayor –contestó Alma.

El rostro de la profesora se tornó serio y Alma tuvo la sensación de que acababa de meterse en un lío.

Mercedes no parecía muy convencida con la historia, así que le dijo que quería conocer a ese amigo suyo. Alma se puso algo nerviosa, pero pronto se le pasó, porque no había razón para perder los nervios. No había hecho nada malo. Todo lo contrario. Se sentía cansada, pero relajada y feliz. En la escalera, camino de su habitación, se cruzó con Coral.

–¡Vaya! –exclamó Coral–. Así que no estás muerta.

–Pues claro que no –repuso Alma sin detenerse.

–Creían que te habías perdido en la niebla, pero yo, no.

Alma se detuvo, se dio la vuelta y dijo:

–¡Ah! ¿No?

–No. Te he visto desde la silla haciendo surf muy suelta, con un chico –comentó con retintín.

Alma se quedó parada un momento y murmuró:

–Ya –giró sobre sus talones con una sonrisa en los labios y prosiguió su camino. Sin embargo, se dio cuenta de que, salvo el nombre, no sabía nada más de Manuel.

Entró en su habitación, dejó la tabla sobre la cama y fue en busca de una toalla para secarla. Sacó su aparatito de música del cajón de la mesilla, se puso los cascos, lo puso en funcionamiento y subió el volumen al máximo. «In the name of love», cantaba Bono, el músico de U2. Comenzó a secar la tabla con sumo cuidado. Su corazón estaba henchido de alegría y no sabía muy bien por qué; lo cierto era que estaba recuperada del varapalo que le había supuesto asumir que su plan preparado durante tanto tiempo había fracasado a la primera de cambio. Seguía sin tener amigos en su colegio, pero estaba claro que, aunque apenas lo conociera, a Manuel sí le podía considerar un buen amigo y había hecho surf mejor que en toda su vida. Sin poner freno a sus emociones, comenzó a cantar como una posesa, saltando por la habitación y girando la toalla sobre su cabeza como una hincha en un campo de fútbol. «In the name of love! What more in the name of love!»

Mientras, y sin que ella reparara en su presencia, las Bellezas la observaban atónitas desde la puerta.

Jueves

A la mañana siguiente, las nubes aún cerraban el cielo, pero la previsión auguraba que abriría hacia el mediodía. En el desayuno David Terrón se sentó al lado de Alma. Ella lo miró extrañada y siguió untando mantequilla en sus tostadas.

–¿Qué pasa, David? ¿Vas a intentar tirarme de la silla entre tostada y tostada?

–No, es curiosidad. Quiero comprobar si es verdad lo que dicen los chicos –repuso David.

–¿Qué dicen? –preguntó Alma, desafiante.

–Unos dicen que la tabla te ha cambiado y que te has vuelto rebelde; otros, que tú no eres *Elle*, sino su hermana gemela, porque es imposible que en tan poco tiempo hagas surf tan bien; incluso algunos dicen que, ahora, hasta pareces guapa.

–Y tú, ¿qué dices? –dijo Alma, impasible, mientras extendía la mermelada de fresa en una tostada.

–Que ayer estuviste todo el día escondida para hacernos creer que hacías surf y, así, montar el numerito con los profesores, que eres una farsante y que sigues siendo igual de fea.

Esto realmente hizo daño a Alma, pero, instantes después, comprobó que la tabla sí que la había cambiado, porque le contestó de este modo:

–Pues yo creo que he perdido el tiempo y la dignidad aguantando tus burlas y las de tus amigos, porque ahora que he tenido la oportunidad de conocerte me he dado cuenta de que eres un cretino y de que me gusta hacer surf más que tú. Y prefiero estar sola a estar con vosotros, porque me habéis demostrado que no sabéis apreciar la amistad que se os ofrece.

David se quedó pasmado. Se levantó y se alejó en silencio. Alma respiró aliviada por el resultado de su fulminante réplica pero, al mismo tiempo, sintió unas terribles ganas de llorar. Había ganado la batalla, pero había perdido la guerra, porque todo lo que había dicho lo sentía de verdad. Durante el resto del día estuvo algo ausente. Solamente en las horas de clase pudo encerrar sus pensamientos y concentrarse en el *snowboard*. Hubo un momento en el que se sintió incómoda. Descubrió a sus compañeros murmurando a sus espaldas y entre las palabras que oyó estaba «palillera». En consecuencia, después de clase se fue sola a almorzar.

Fue entonces cuando unos chicos de su clase de *snowboard*, encabezados por la altísima Coral, se acercaron y se sentaron con ella. Alma los miró sorprendida, pero no dijo nada. Los chicos empezaron a hablar de *snowboard* como si la conocieran desde siempre. Después le preguntaron muchas cosas acerca de ella: cuántos años tenía, de qué barrio era y por qué, si era la mejor esquiadora del colegio, había dejado el esquí por el *snowboard*. Ella contestó que el saber no ocupa lugar y que, aunque lo más cómodo hubiera sido seguir esquiando, quería aprender cosas nuevas. «Un desafío por día», dijo. Por un momento, se acordó de Raquel y de Álvaro, y se sintió muy a gusto. Mientras, Coral la observaba interesada, suavizando su actitud hacia Alma a medida que pasaban los minutos. Luego estuvieron haciendo surf. Alma se rió mucho con ellos. ¡Hasta le pidieron que les enseñara a ponerse las ataduras de pie! Algunos de los jóvenes surfistas construyeron un pequeño salto y todos estuvieron practicando entre risas y caídas. Desde la antena divisaron La Laguna. Había gente haciendo surf y saltando. Las nubes se habían abierto tímidamente justo en esa zona. Era un magnífico espectáculo. La nieve desprendía hermosos destellos dorados. Parecía una escena sacada de un cuento fantástico que hablaba de una tierra y un pueblo desconocidos.

–Mañana vamos allí, ¿vale? –propuso Coral.

–Vale –respondieron todos.

Ya en Pradollano, de camino al hotel, Coral se acercó a Alma y le dijo:

–Me ha encantado cómo has contestado a Terrón esta mañana. Eso, y lo de ayer, me han hecho plantearme que, a lo mejor, me equivocaba respecto a ti. Y después de hacer surf contigo... Bueno, no eres tan boba como me imaginaba.

–Gracias –repuso Alma algo indecisa–. Creo.

–Vale –concluyó Coral.

Alma la miró y tuvo la sensación de que podrían haber sido buenas amigas, porque ambas coincidían en muchas opiniones y, tanto su nivel de *snowboard* como sus ganas de aprender, estaban a la par. Desgraciadamente, no pudo pensar más en eso, porque cuando llegaron al hotel encontraron a David en la puerta. Estaba mascando chicle. En cuanto la vio llegar, compuso la figura y le dijo:

–Veo que ahora te dedicas a los bebés. ¿Vas a estudiar jardín de infancia o es que son los únicos que te aguantan?

–Son los únicos a los que yo aguanto –murmuró Alma.

–Por lo menos, éstos son de verdad, no como el chico misterioso que te inventaste ayer –insistió David, irónico.

–Pasa de él –dijo Coral.

Alma no contestó, porque inmediatamente se dio cuenta de que no había visto a Manuel en todo el día. Después, durante la hora de estudio, no pudo concentrarse. En la mesa de David y Cristina los murmullos y las miraditas hacia ella y hacia la mesa de Coral arreciaban a medida que pasaban los minutos. Alma intentaba mantener la serenidad, pero millones de preguntas inundaban su mente. ¿Por qué David la estaba esperando en la puerta? ¿Por qué la había tomado con ella? ¿Porque la rivalidad entre el esquí y el *snowboard* se lo exigía? O quizás, porque le había plantado cara por la mañana delante de todos sus amigotes.

«David me detesta y quiere hundirme», pensaba la joven con los codos apoyados en la mesa de estudio y sosteniendo la cabeza con sus manos. «Por eso dijo lo del chico misterioso. ¿Dónde estará Manuel?» Levantó la mirada y contempló el ocaso a través de las ventanas. Su espíritu estaba inquieto.

Tras la cena, sintió la necesidad de pasear. Su cuerpo y su mente se debatían entre tantas emociones. Había sido un día extraño. Por un lado, lo había pasado genial con sus nuevos amigos; por otro, había roto el mito de David. Durante mucho tiempo había creído que él y su pandilla eran las personas más divertidas e interesantes que conocía y que ella encajaría a la perfección en su grupo. Era terrible asumir que aquello por lo que tanto había luchado, ya no existiría. Y, sin embargo, tenía una extraña sensación de alivio. Necesitaba hablar con alguien de confianza, alguien a quien contar sus miedos, sus dudas y sus sentimientos encontrados.

–¡Ojalá hubiera hecho algún esfuerzo por congeniar antes con Coral! –se dijo.

Caminó en dirección a las cabinas telefónicas con intención de llamar a Raquel, aunque sólo fuera para escuchar una voz amiga. Se sintió bien paseando bajo el cielo del sur, a pesar de que estaba muy nublado y no se podía ver ninguna estrella. Apenas había gente en la calle y una ligera brisa levantaba la poca nieve que cubría los coches aparcados en la plaza. Se sentó en una de las barandillas de Pradollano, levantó la cabeza y miró el cielo. Un claro se había abierto paso entre las nubes; las estrellas de la constelación Casiopea titilaron frente a sus ojos.

«¡Vaya!», pensó, «¡Qué suerte! Justo lo que necesitaba: ver brillar mis estrellas.»

Parecía que, en ese pequeño claro, las estrellas de la constelación eran más brillantes que en Madrid. De pronto, en su cabeza, comenzó a oír los acordes de un piano. Era una hermosa melodía que practicaba cuando se sentía serena y a gusto. Al sonido del piano se le unió el de un violín y en su mente la música se mezcló con recuerdos del día anterior, cuando su descenso entre la niebla se había convertido en una danza. Añadió los golpes de un teclado electrónico, que llenó de ritmo la melodía y su corazón. Una amplia sonrisa se dibujó en su rostro. Las estrellas en sus ojos y la música en sus oídos hicieron que Alma se pusiera de pie en la barandilla y abriera los brazos, como en esa escena de «Titanic» en la que Leonardo di Caprio grita que es el rey del mundo. La suave brisa acarició su rostro y su espíritu se llenó de una tremenda felicidad. Desde su imaginación, empezó a proyectar imágenes sobre las estrellas: sus nuevos amigos de la clase de *snowboard*, Raquel, Álvaro, Manuel, Víctor..., y los mejores momentos del último año. De pronto, oyó un sonido que no provenía de su imaginación, pero que le resultaba tremendamente familiar. Eran las ruedas de un monopatín que descendía a toda velocidad por la rampa de la derecha.

«¡No es posible!», pensó Alma aferrada a la barandilla.

Un chico irrumpió en la plaza patinando con soltura. Tras él, y con gran estruendo, aparecieron otros tres *skaters*. Comenzaron a hacer trucos por todo el espacio disponible. La escena le recordó el día en que conoció al hermano de Álvaro. Sintió unas ganas terribles de patinar. Entonces, su corazón dio un respingo porque se dio cuenta de que uno de los chicos era el propio Víctor. Hacía meses que no lo veía, pero ese pelo ensortijado, esos ojos claros y esa forma de patinar eran inconfundibles. Bajó de la barandilla de un salto y corrió escaleras abajo hacia donde estaban los chicos, mientras oía que se alejaban los «taca, tac» que hacían con sus patinetes. Dobló la esquina y descubrió que la plaza estaba vacía. Los chicos habían desaparecido. Miró a un lado y a otro sin resultado. Aguzó el oído y se percató de que los sonidos también habían cesado. Se quedó inmóvil unos instantes. Estaba desorientada.

«Juraría que lo que he visto era real, pero está claro que son visiones. Será el cansancio...», pensó.

Decidió volver al hotel. Lo mejor era refugiarse en su cuarto y descansar, pues las chicas ya se habrían marchado dejando tras de sí un rastro de empalagosos perfumes. Su cabeza bullía desconcertada pero, paradójicamente, no tenía la necesidad de respuestas que la acuciasen durante las horas de estudio. La posibilidad de haber tenido una visión la relajó en vez de atormentarla porque..., ¿qué más podía pasar? Caminó hacia el hotel mirando al suelo, todavía asombrada por lo que acababa de ver o imaginar (no tenía muy claro lo que había pasado). La temperatura estaba bajando y, a cada instante, salía más vaho de su boca. Se detuvo un momento y miró al cielo. Ya no se veía ninguna estrella. Las nubes eran ahora más densas y formaban una cúpula blanqueada por el reflejo de la luna llena y de la nieve. Suspiró, convencida de que todo había vuelto a la normalidad. Volvió a bajar la cabeza y caminó más rápidamente. Recordó que, al final, no había llamado a Raquel.

Resolvió que lo haría al día siguiente cuando, tras un merecido descanso físico y, sobre todo, mental, la luz del sol le devolviera la lucidez. Le preguntaría por Álvaro y por Víctor. Puede que así encontrara una respuesta coherente a sus paranoias adolescentes. Respiró profundamente y se esforzó por relajarse. La melodía que surgió momentos antes en la plaza de Pradollano volvió a apoderarse de ella. Metió las manos en los bolsillos de su chupa y empezó a mover los dedos, como si estuviera tocando al piano. Entonces, sus ojos, que continuaban clavados en el asfalto, descubrieron los pies de alguien que estaba parado en medio de la carretera. Alma alzó lentamente la cabeza y observó la silueta. Se detuvo boquiabierta. Era Manuel que, con las manos en los bolsillos del pantalón y una sonrisa en los labios, la miraba fijamente. En ese preciso instante, unos copos empezaron a caer. Ambos miraron al cielo, se volvieron a mirar y exclamaron al unísono:

−¡Está nevando!

Se echaron a reír. Alma se rió con fuerza, porque realmente le estaba haciendo falta una buena carcajada. Luego dijo:

−Parece que mañana tampoco veremos el sol, aunque no me importa. Me gusta hacer surf con este tiempo. He tomado cariño a estas nubes.

−Éstas no son las nubes que hemos tenido días atrás. Pertenecen a otra tormenta. El temporal viene del norte; trae más nieve y de más calidad. Mira.

Manuel extendió su brazo derecho y, sobre él, cayó un enorme copo en el que se podía distinguir una irrepetible, brillante y hermosa estrella de nieve. Los copos, en forma de diferentes estrellas, siguieron alojándose en el brazo del muchacho. Alma observaba atónita que las estrellas de nieve caían sobre la manga y adoptaban la forma de la constelación Casiopea, justo la que antes había visto en el claro abierto sobre ella en Pradollano. Era como si las estrellas, compañeras y confidentes durante toda su vida, le estuvieran indicando algo.

—Alma, ¿te encuentras bien? —preguntó el muchacho.

—Sí —contestó Alma.

—¿Estás segura? Te has puesto pálida —dijo Manuel sin apartar los ojos de ella.

Alma sentía deseos de contarle todo: que, tras romper la quimera que había alimentado su corazón durante ese tiempo, el cielo se había abierto sobre su cabeza y Casiopea había acudido a serenar su ánimo; y que, justo después, había creído ver a aquel chico que la hizo tartamudear y al que no había podido olvidar; y que las estrellas que, minutos antes se mostraran ante ella, cayeron después sobre el brazo de la única persona que le había demostrado respeto y con la que se había sentido segura y tranquila durante la semana. Pero, en vez de convertir a Manuel en su confidente, echó a correr hacia el hotel a toda prisa.

«Muy bien. Ya veo que se trata de una chica templada y sencilla de pensamientos», se dijo Manuel, irónicamente.

Viernes

El sueño había sido provechoso. Se sentía muy descansada y con ganas de salir de la cama. En cuanto oyó movimiento de platos en los pasillos del hotel, se levantó, miró por la ventana y comprobó que la nieve no había dejado de caer en toda la noche; incluso caía con más fuerza.

«¡Menuda nevada!», pensó.

Se vistió rápidamente y en silencio, como de costumbre, para no despertar a sus compañeras de habitación. Ellas solían dormir hasta que Mercedes las iba a despertar para que no llegaran tarde a clase de esquí. Alguien metió un papel por debajo de la puerta. Lo recogió y lo leyó: «Debido al temporal, las carreteras han sido cerradas y el personal de limpieza no puede acceder a la estación, por lo que hoy no será posible prestar servicio de habitaciones. Disculpen las molestias.» «¡Menuda nevada!», se dijo nuevamente.

Bajó a desayunar. El comedor estaba vacío, así que tomó el desayuno a sus anchas, sin temor a que nadie se acercara para fastidiarla. Luego se preparó a conciencia. Estaba dispuesta a disfrutar al máximo del regalo que suponía una nevada tan grande como la que estaba cayendo. Cuando salió del hotel, comprobó que había caído, al menos, un metro de nieve.

«Si aquí hay tanta nieve, ¿cuánta habrá en el Veleta?», pensó entusiasmada.

A las ocho y media de la mañana ya estaba dando vueltas por las cercanías de la telecabina, esperando a que abrieran. La visibilidad era nula, pero oía los motores de las máquinas quitanieves trabajando en las pistas.

Se acercó a un grupo de personas que se hallaban en la puerta de la telecabina y les preguntó a qué hora abrían los remontes.

–No sabemos, porque arriba hay ventisca y no se ve nada –dijo uno de los operarios.

Caminó en dirección a la silla del Parador. En la placita se encontró con algunos de sus compañeros de la clase de *snowboard*, incluida Coral.

–Ya sabía yo que, en cuanto vieras la que está cayendo, saldrías a hacer surf –dijo Coral.

–Vamos a coger la silla y a subir a pie para andar todo lo que podamos, antes de que abran la estación –añadió Antonio, el más joven del grupo.

–¿Por fuera de las pistas? –preguntó Alma.

–Siempre que haya visibilidad y ningún peligro; si no, seguiremos por la pista. Si bajamos antes que la quitanieves, será como ir por fuera de las pistas –dijo Diego, otro de los chicos–. Esta nieve es lo mejor para la tabla. Es una pena pisarla –añadió.

–Vamos arriba; hay que aprovechar –insistió Antonio.

–¿Vienes, Alma? –preguntó Diego.

–Por supuesto –contestó Alma–. ¿Acaso crees que estoy de compras?

–¡Eso es! –exclamó Coral–. ¡Vamos!

Coral subió con ella en la silla. La indolencia que había mostrado los días anteriores había desaparecido por completo. Ahora se encontraba cómoda con Alma. Parecía que era la amiga que siempre había echado en falta. El carácter rudo de Coral encontraba su complemento en la sensibilidad de Alma. Además, el hecho de ser las dos únicas chicas, y las mayores del grupo, las ponía en un lugar privilegiado respecto a sus compañeros. Coral hablaba sin parar. Desde la silla comentaba los posibles lugares por donde descender, para aprovechar mejor el recorrido.

Tendríamos que avanzar hasta enlazar con la pista Maribel. Luego, podríamos cruzar aquella valla y continuar por fuera de las pistas en dirección al Río, que tiene que estar estupendo con esta nevada, ¡y para nosotros solos!

Alma observaba el itinerario propuesto y sentía un cosquilleo en el estómago, como aquel día en que tuvo que tocar el piano junto al coro del colegio para el recital de Navidad. Miró hacia el otro lado y descubrió a unos surfistas practicando *slides* en las barandillas repletas de nieve, mientras algunas personas los fotografiaban.

—¡Mirad a ésos! —gritó Alma hacia los compañeros que las precedían—. ¡Eh, mirad a la izquierda!

Todos contemplaron el espectáculo.

—Son los de Möa Sports —comentó Coral—. Llevan aquí unos días haciendo un reportaje de *skate* y *snowboard*.

—¿Has dicho de *skate*? —preguntó Alma, alertada por la posibilidad de que lo que había visto la noche anterior no hubiera sido una alucinación.

—Sí. Se han traído a algunos *pros* y... ¡Hala! ¡A hacer fotos! Están teniendo mucha suerte porque han aprovechado los días de atrás para fotografiar a los *skaters* con la estación sin nieve; ahora los surfistas están haciendo los mismos trucos, pero con nieve. Les va a quedar un reportaje estupendo —explicó Coral.

—¿Cómo sabes todo eso? —siguió preguntando Alma.

—Los vimos el primer día y les preguntamos —respondió Coral.

—¿Por qué no me lo habías dicho antes? —casi gritó Alma.

—Pues porque no me ha dado tiempo. Prácticamente nos hablamos desde hace veinticuatro horas.

—Tienes razón, perdona. Es que anoche vi a unos chicos patinando y los seguí pero, de repente, desaparecieron y no volví a verlos.

—Seguramente, porque se metieron en el aparcamiento —dedujo Coral—. Nosotros estuvimos anoche abajo, viéndolos. Son una pasada. Antonio fue a buscarte al hotel, pero nadie sabía dónde estabas. De todas formas, lo más seguro es que esta noche bajen otra vez y puedas verlos.

–No lo dudes, porque ahora lo entiendo todo.

–¿Qué es lo que tenías que entender?

–Nada, cosas mías.

Coral miró a la chica y añadió:

–Pues es verdad que eres rarita, como dice la gente.

–¿Qué gente?

–Ya sabes, Terrón y sus colegas.

–No eres amiga de ellos, ¿verdad?

–¡Qué va! Ésos son unos pintamonas. Hacen surf para hacerse notar, aunque en realidad prefieren estar durmiendo en vez de estar aquí como nosotros, o en aquellas barandillas mientras les hacen fotos... A mí me gustaría dedicarme a eso –añadió Coral mientras miraba la escalera.

–¿Te gustaría ser un *pro*?

–No. Me gustaría ser fotógrafa de deportes extremos.

–¡Qué guay! Claro que, para ser fotógrafo, hay que estudiar mucho –sugirió Alma, volviendo la mirada inquisitiva hacia Coral.

–Ya lo sé. Y, ahora que lo tengo claro, voy a esforzarme en sacar mejores notas. Quiero hacer la carrera de Imagen y Sonido cuando acabe el colegio. No pienso repetir ni un curso más.

–Por un módico precio, yo puedo ayudarte con las asignaturas que te den problemas. En mi barrio doy clases particulares a algunos chicos y están aprobando todos.

–Me encantará que me ayudes con los estudios, si te sale mejor que el surf –dijo Coral con una irónica sonrisa.

–¿Bromeas? –añadió Alma–. Dando clases no hay quien me supere.

Una vez en el suelo, el grupo comenzó la búsqueda del lugar elegido para el inicio del descenso. Todos se pusieron las tablas como les había enseñado Alma. Ahora era todavía más fácil, porque la nieve agarraba muy bien. Uno tras otro, saltaron sobre el blanco colchón impoluto y dejaron impresas las huellas de sus tablas, como quien dibuja sobre un papel. Atravesaron la pista Maribel y, luego, giraron a la izquierda. La visibilidad era buena en esos momentos. La valla de madera que delimitaba la pista se había convertido en un muro debido a la cantidad de nieve que la cubría. Empezaron a trepar con la tabla puesta. Brincaron como perros que suben por una ladera tras una liebre. Luego se sentaron en lo alto, con las tablas colgando y felicitándose por su hazaña. Motivados por lo bien que había ido el descenso, continuaron la marcha sin descanso. Fue entonces cuando Alma cometió un error y cayó sobre la nieve. No se hizo daño, fue como caer sobre un colchón de plumas, pero no podía sacar su tabla de debajo de la nieve. Los chicos se detuvieron a esperarla.

–¡Vamos, Alma! –le gritó Antonio.

Ella luchaba moviendo sus piernas con brío, tratando de deshacerse de aquella trampa en la que se había convertido la nieve virgen. Se arrastró boca abajo, sin dejar de sacudir la tabla con las piernas, hasta que se vio libre.

–¡Dale, dale! –jaleaban los chicos desde abajo.

A duras penas logró ponerse en pie. En la zona en la que se encontraba no había demasiada pendiente, así que, como no podía tomar suficiente velocidad, cayó varias veces hasta llegar a sus compañeros. Cuando por fin los alcanzó, tenía un enfado monumental.

–¡Esto es horrible! Pero, ¿qué me pasa, que no paro de caerme? –exclamó Alma visiblemente alterada.

–¡Que estás tonta, Alma! –exclamó Antonio.

–Lo que pasa es que te has cansado mucho al sacar la tabla de la nieve y no controlas. Para un poco y luego, sigue –dijo Coral.

–No, que lleváis mucho tiempo esperándome y estaréis aburridos de mí –contestó Alma casi sin aliento.

–Aburridos, no –dijo Diego, sarcástico–. Nos hemos reído mucho con los tortazos que te has dado.

–Muy gracioso –dijo Alma con voz temblorosa.

–Venga, no te enfades –añadió Coral–. Hacemos surf para divertirnos. Caerse forma parte del juego. ¡Y no te has hecho daño!

–Sólo en mi orgullo –murmuró la chica muy avergonzada. Los chicos esbozaron sonrisas que taparon con sus manos, tratando de aguantar la risa. Al verlos, Alma distendió su ánimo. Empezó a reírse de sí misma y del ridículo que había hecho, no tanto por las caídas como por el drama en que las había convertido.

–Sigamos, que tenemos la estación para nosotros solos –repuso Antonio, impaciente.

–¿Estás lista? –preguntó Coral.

–Sí. ¡Vamos! –contestó la chica.

Continuaron descendiendo y divirtiéndose con las caídas que todos ellos sufrieron a lo largo del recorrido. Después, enfilaron la recta de la telecabina. Bajaron e hicieron una llegada triunfal. Gran parte de los alumnos del colegio esperaba la cola de la telecabina, porque las pistas se habían abierto hacía tan sólo unos minutos. Entre los que miraban asombrados y se preguntaban cómo era posible que aquellos chicos bajaran gritando alborozados por pistas que estaban cerradas, se encontraba David Terrón. Se acercó al grupo y, dirigiéndose a Diego, preguntó:

–¿Cómo habéis subido?

–Por la silla y caminando –contestó Diego, al tiempo que se desabrochaba las ataduras sin apenas mirarlo.

–¿Y cómo está la nieve? –preguntó de nuevo David.

–Perfecta –añadió escuetamente Diego, que comenzó a caminar en dirección a la cola de la telecabina. Volvió la cabeza y miró a los demás, indicándoles con un gesto que lo siguieran. Detuvo su mirada en las chicas y esbozó una cómplice sonrisa. Alma pasó junto a David sin mirarlo, con la tabla a su espalda agarrada con las manos y desplazándola un poco para evitar rozarle con ella.

–Muy bien, palillera. Ya andas por nieve virgen. ¡Qué valiente! Pero yo elegiría mejor a mi compañera de descenso, porque la que tienes es un saco de suspensos y, ya sabes, todo se pega... –dijo David en su petulante tono habitual.

Al oírlo, Coral se dio la vuelta.

–¿Qué es lo que has dicho? –dijo, acompañando sus palabras con una mirada fulminante.

–¡Coral, ni caso; el mayor desprecio es el menor aprecio! –exclamó Antonio al ver la reacción de su amiga.

–¡Oye! –intervino Diego–. ¿Por qué no dejas de meterte con ellas? ¿Es que no tienes nada mejor que hacer? Tú, a lo tuyo y nosotros, a lo nuestro.

Diego se acercó a las chicas y les dijo en voz baja:

—No dejemos que este pintamonas nos amargue el superdescenso que acabamos de hacer.

Se marcharon mientras David profería insultos contra ellos. Sus amigos lo rodearon, proponiéndole diferentes formas de iniciar una batalla. Pero todo quedó en eso. Por el momento.

—Ya cogeremos a esos pringaos —dijo David zanjando la conversación.

En la telecabina, a salvo de más interrupciones indeseables, Alma le dijo a Diego:

—Yo creía que te llevabas bien con Terrón.

—Ni con él ni con su pandilla —puntualizó Diego—. Me caen fatal. Por eso paso de ellos. Confío en que llegará el día en que se encuentren con la horma de su zapato y se callen la boca.

Fueron a clase. El monitor los llevó por pistas nuevas y, en cuanto se levantaron las nubes y hubo visibilidad, todos le solicitaron un descenso por fuera de las pistas. De nuevo cruzaron el tramo que habían hecho por la mañana; esta vez siguiendo al profesor. Todos bajaron de maravilla, incluida Alma, que no podía estar más contenta de cómo lo había hecho con su tabla en la nieve virgen. Cuando acabó la clase, estaba exultante y satisfecha como un boxeador que, tras perder una pelea, consigue vencer en el combate de revancha. Más tarde, durante el almuerzo, Alma aprovechó un momento en que se quedó a solas con Coral:

—¿Conoces a los *skaters* que están haciendo el reportaje? —preguntó de manera casual.

–¿Los de Möa? No los conocía personalmente, pero sabía quiénes eran porque salen en las revistas de *skate* – contestó Coral.

–¿Hay alguno que se llame Víctor?

–Claro: Uve Doble, Víctor Velásquez. ¿Lo conoces?

–Me temo que sí. Aunque sólo hablé con él una vez; soy amiga de su hermano.

–¿De su hermano? ¡Pero si es un renacuajo!

–Álvaro es un niño encantador que patina en vez de andar. Pero Víctor... El día que lo conocí no dejé de tartamudear, así que imagínate.

–Pues, prepárate, porque hoy lo vas a ver en las pistas.

–¡No me digas! ¿Hace surf? ¡Pero si su hermano dice que el *snowboard* es una tontería!

–Su hermano, que diga lo que quiera. ¿Te acuerdas de los surfistas que vimos ayer desde la antena? –preguntó Coral. Alma asintió–. Pues eran ellos. No han salido de La Laguna en toda la semana. Ya sabes cómo son los *skaters*: si la mejor nieve está en La Laguna, ahí se quedan enganchados. El *snowboard* es genial y cualquiera que tenga la oportunidad de practicarlo acaba embrujado.

–¡Santo cielo! –exclamó Alma visiblemente nerviosa–. ¡Su hermano le habrá dicho que el surf se me da muy bien! ¿Qué voy a hacer cuando vea que lo hago fatal?

–¡Alma! –rió Coral–. ¡Estás como una cabra! No haces surf fatal. Al menos, no siempre –añadió en tono socarrón, provocando un histrión lamento en su compañera–. ¡Venga, que es broma! Te diré lo que siempre me dice mi madre: ten confianza. Sé tú misma.

–Gracias, Coral, pero estoy segura de que no voy a estar tan tranquila en su presencia como con vosotros.

–Me parece a mí que hoy va a ser un día muy intenso –dijo Coral con una amplia sonrisa.

No se equivocaba. El día no había hecho nada más que empezar. Después del almuerzo se encaminaron hacia La Laguna, tal como habían quedado el día anterior. Había muchísima nieve en las pistas y era una delicia hacer surf, pero los problemas para Alma empezaron en el momento en que se disponía a tomar el larguísimo y empinado arrastre que conducía a La Laguna. Primero subió Antonio. Tenía prisa porque había quedado con unos chicos de su curso que tenían clase de *snowboard* en un nivel superior. Detrás subieron, sin dificultad, Diego y Coral. Cuando llegó el turno de Alma, empezó el drama. La primera vez que lo intentó, daba la impresión de que iba a llegar al final pero, a mitad de camino, la percha se aflojó, perdió el equilibrio y cayó al suelo. Coral se dispuso a soltar la percha para quedarse con ella, pero Alma le dijo que no lo hiciera, que subiría enseguida.

–¿Estás segura? –gritó Coral–. De verdad que no me importa esperarte.

–¡No te preocupes! –insistió Alma, que se había ajustado rápidamente la atadura y empezaba a bajar.

Algunas nubes se estaban juntando y, de nuevo, nevaba intensamente. Por suerte, no había cola en el remonte. Se acercó a la percha y se agarró con fuerza. De pronto, la percha dio un tirón y la levantó del suelo. Cayó sin haber recorrido ni dos metros.

«Mal día para coger un arrastre», pensó Alma, sacando su cara de la nieve. Se levantó, lo volvió a intentar y cayó nuevamente. Tras repetidos e infructuosos intentos, el encargado del remonte salió de la caseta con una pala y empezó a golpear la nieve para aplanar el pastel en que se había convertido el inicio de la percha, a causa de las caídas de Alma. La miró de soslayo, observó a la muchacha exhausta y jadeante, y le dijo:

–Deberías descansar antes de volver a intentarlo.

–Sí, ya, pero es que me están esperando. Siento que tenga que salir a dar palazos por mi culpa –contestó la chica, educadamente.

–No me importa... –dijo el hombre–, pero insisto en que deberías descansar. Temo que te hagas daño.

–Está bien. Creo que le haré caso.

Se quitó la tabla y se sentó al lado de la caseta. Empezó a respirar profundamente tratando de recobrar el aliento. Miró hacia la pista y descubrió a Coral. Bajaba sola y a toda velocidad en dirección al remonte. Llegó derrapando, mirando a un lado y otro de la pista.

–Pero, ¿qué pasa contigo? –preguntó mientras caminaba hacia Alma, una vez se hubo quitado la tabla–. Me tenías preocupada.

–Pues te lo agradezco, pero es que soy incapaz de subir el arrastre. ¡Te aseguro que lo he intentado! ¡Mira! –dijo señalando al encargado del remonte–. Hasta ha tenido que salir el hombre, de la que estoy montando.

–Pues ya puedes espabilar, porque ahí arriba están los de Möa, haciendo surf como locos.

–¡Vale, vale! –dijo Alma–. Dame un minuto para recuperarme.

–Me parece que ya no te queda ni eso. Ahí vienen –dijo Coral.

Alma se dio la vuelta y vio a varios chicos descendiendo por un lado de la pista en dirección al remonte. Cuando llegaron a la altura de las chicas, frenaron bruscamente. Uno de ellos cayó y los demás fueron cayendo uno tras otro, en medio de gritos y carcajadas. Las chicas también se rieron mucho pero, en el momento en el que Alma reconoció a Víctor, la timidez la invadió por completo y empezó a ponerse nerviosa. Bajó la cabeza y rezó para que se la tragara la tierra. Pero no contaba con su nueva amiga. Coral se había adelantado y caminaba hacia los chicos, que trataban de levantarse entre el enredo que habían formado y, en tono de broma, se culpaban de la caída unos a otros.

–¡Hola! Lo estáis pasando bien, ¿eh?

–¡Hola! –saludaron todos al verla.

Alma permanecía a unos metros de distancia, observando a Víctor y a sus amigos charlar con Coral amistosamente.

–¿A que con tanta nieve parece *skate* cuatro por cuatro?

–Sí. Eso es lo que dice el jefe –contestó Víctor–. Si no fuera por el frío, me sentiría como en casa.

–Pues tengo algo que hará que te sientas como en casa –Coral sonrió, giró sobre sus talones y gritó–. ¡Alma, ven! ¡Mira quién está aquí!

Víctor miró a Alma, a la cual, en un principio, no había reconocido tras las enormes gafas de ventisca que ocultaban su rostro. Pero, en cuanto oyó su nombre, caminó decididamente hacia ella para saludarla. Alma también intentó caminar a su encuentro, pero su cuerpo parecía petrificado. En tres zancadas el muchacho se presentó ante ella.

—¡Qué alegría verte! ¡La famosa Alma! —exclamó el joven—. Ya verás cuando se lo cuente a mi hermano.

—Yo, yo... —tartamudeó ella—. También me alegro de verte.

—No me digas que eres amiga de esta chica —dijo Víctor refiriéndose a Coral— y que llevas aquí toda la semana.

—¡Ajá! —afirmó Alma.

—¿Cómo es que no te he visto antes?

—Es una larga historia.

—Tendrás que contármela. Y ahora, ¿qué vas a hacer?

—A... a... ahora? —preguntó Alma tartamudeando—. Pues..., ir a La Laguna.

—Justo adonde vamos nosotros.

—Pues venga —dijo Coral.

Los chicos que estaban con Víctor ya habían comenzado a subir. Coral cogió la percha con uno de ellos, no sin antes saludar con la mano a su amiga y dedicarle una sonrisa cómplice. Víctor se quedó con Alma, que a esas alturas era un manojo de nervios y no acertaba ni a ponerse las ataduras sólo de pensar en el ridículo que iba a hacer en cuanto el remonte diera el primer tirón. Se dispusieron a coger la percha. El tirón inicial disminuyó gracias a la unión del peso de los dos. Alma respiró al verse aún en pie tras haber recorrido algunos metros.

—¡Estos trastos se me dan fatal! —exclamó el muchacho.

–¡Y a mí! —agregó la chica–. Esto es lo más lejos a lo que he llegado en todo el día.

–¡No es posible! ¡Si tú eres una experta!

–¿Experta? ¿Quién te ha dicho eso?

–Álvaro. Dice que, como patinas muy bien, debes hacer surf mejor.

Tras oír esas palabras las piernas le flaquearon, el canto de puntas se enganchó en uno de los surcos y cayó de boca contra la nieve. Víctor trató de sujetarla por el brazo y, en su intento de ayudarla, cayó también. Ambos se apartaron del camino del arrastre. Alma permaneció callada mientras volvía a ajustar sus ataduras y, en cuanto Víctor estuvo preparado, empezaron a bajar en dirección al remonte. Al verlos llegar, el encargado volvió a salir de la caseta para hablar con Alma.

–Mira –dijo–, admiro tu tesón, pero por hoy ya lo has intentado bastante. Es la mejor nieve que ha habido en toda la temporada. No pierdas el tiempo tratando de subir unos cientos de metros. Si queréis ir a La Laguna, hay otro camino para llegar sin necesidad de coger una percha. Sabes coger sillas, ¿verdad? –Alma afirmó con la cabeza. Luego, el hombre se dirigió a Víctor–. Pues bajáis y cogéis la silla. Por allí –señaló hacia la izquierda–: hay que atravesar la pista que pasa por encima del *snowpark*. Continuáis el camino haciendo una diagonal transversal y, cuando lleguéis a la vertiente, a la izquierda. ¿Entendido?

–Sí –repuso Alma–. Muchas gracias. Pero no se va a librar de mí tan fácilmente, porque volveré a intentarlo mañana.

–Mañana será otro día –dijo el hombre–. Disfruta de hoy.

Se dio media vuelta y se metió en la caseta.

–Lo haré –aseguró Alma.

–Es un personaje peculiar –comentó Víctor–. Lleva toda la vida en la sierra. No habla mucho así que, cuando lo hace, es mejor hacerle caso, porque suele tener razón.

Volvieron a colocarse las ataduras. Alma inició la marcha con soltura. Pronto estuvieron en la cola de la silla. Ella deseaba que alguien desconocido subiera con ellos. De ese modo, sería más fácil esquivar las preguntas del muchacho. Pero, cuando les llegó el turno, nadie hizo intención de ocupar los lugares libres de la silla, así que subieron solos. Se situó a la derecha y él a la izquierda, separados por los dos asientos centrales. Bajaron la barra de sujeción y acomodaron sus tablas para el ascenso.

–Esto está bien. Podemos descansar mientras subimos. Y tendremos tiempo para hablar –dijo el chico. Alma se revolvió es su asiento. Miró hacia abajo vislumbrando la posibilidad de saltar de la silla y huir antes de que Víctor volviera a preguntarle algo que era inminente–. Puedes empezar contándome algo de tu larga historia.

Ya no había escapatoria. Las palabras de Coral se repetían en su mente: «Ten confianza. Sé tú misma». Se dio la vuelta y miró al chico.

–De acuerdo –dijo–; tú lo has querido.

Le contó que jamás hubiera hablado con Coral, de no ser por el *snowboard*, y que creyó verlos la noche anterior, aunque omitió su encuentro con Manuel.

–Si hubiera sabido antes que estabas aquí, puede que las cosas no hubieran ocurrido de la misma forma. Aunque, si lo pienso fríamente, está bien así, porque ahora lo tengo todo más claro –hizo una pausa para reflexionar–. No sé por qué te cuento todo esto; aunque sea amiga de tu hermano, tú y yo sólo nos hemos visto una vez. De hecho, cuando nos hemos encontrado en el arrastre, no sabía si te acordarías de mí.

–¡Cómo iba a olvidarte! Mi hermano no para de hablar de ti. Alma sabe, Alma dice, Alma hace, Alma... No cabe duda de que has sido una buena influencia para él, porque se pasa el día estudiando y conectándose a Internet para visitar páginas extrañísimas de tecnologías aeroespaciales. Dice que tiene que estudiar mucho para ser ingeniero aeronáutico.

Al oír esas palabras, Alma no pudo evitar esbozar una sonrisa de orgullo.

–Te aseguro –añadió Víctor– que antes de conocerte sólo quería ser como yo. Y eso horrorizaba a mis padres.

–¿Por qué?

–Porque me paso la vida viajando y apenas me ven, porque tengo que sacarme la carrera a distancia y, a veces, no puedo hacer los exámenes por estar en un campeonato, porque la vida de un deportista es muy corta y porque dicen que el *skate* no tiene futuro.

–No estoy de acuerdo con eso –repuso Alma–. Es verdad que el *skate* es un deporte de minorías, pero patinar ofrece experiencias tanto o más educativas que cualquier otro deporte: requiere concentración y afán de superación. Y eso cultiva la calidad humana.

–Alma, gracias por tu sinceridad. Reconozco que me hubiera gustado saber antes que estabas aquí.

Dijo esto último mientras levantaba la barra de la silla, porque ya habían cubierto el trayecto. Ambos se levantaron y bajaron con facilidad. Se hicieron a un lado para ajustarse las ataduras y se dirigieron a La Laguna por el camino que el encargado del remonte les había indicado. Pero, cuando pasaron por encima del *snowpark*, Víctor quiso detenerse para dar unos saltos. Alma miró hacia allí y descubrió a David Terrón y a su pandilla haciendo trucos mientras las Bellezas les aplaudían.

–No es buena idea –Alma trató de convencer al muchacho–. Si bajamos, luego tendremos que volver a coger la silla, pues nos desviaremos del camino. Si queremos ir a La Laguna, es mejor que sigamos por aquí porque, si no, nos van a cerrar los remontes y no nos va a dar tiempo a llegar.

–Pero si aún queda mucho...

–Ya –dijo ella precipitadamente para evitar ser descubierta–, pero es que llevo todo el día intentando llegar hasta allí. Podemos parar en el *snowpark* más tarde.

–Vale –accedió el muchacho–. Tú mandas.

Llegaron a La Laguna. Se reunieron con Coral y Diego. Antonio estaba un poco más abajo con sus amigos del colegio, Pablo y Alberto. Aunque no eran hermanos, los rasgos de Pablo y Alberto eran tan parecidos que la gente creía que lo eran. Ambos llevaban idéntico casco y sus ropas eran de los mismos colores, aunque no iguales. Alma se dijo que, si los viera de lejos, no sabría quién era quién. No recordaba haberlos visto nunca por el colegio, seguramente porque su carácter silencioso les hacía pasar desapercibidos, pero le causaron buena impresión. Todos ellos observaban a los chicos de Möa. Realizaban magníficos trucos sobre aquel manto de seda blanca en que se habían convertido los copos caídos la noche anterior. Entre los *riders* había tres chicas que daban saltos bastante altos.

–Son buenas, ¿eh? –comentó Víctor al comprobar el gesto de asombro de Alma.

–Sí.

–Bueno, tienen que serlo. Es su trabajo. No veo al jefe, por aquí –miró a su alrededor, se acercó a sus colegas, que estaban unos metros más allá, y les preguntó dónde estaba el jefe.

–Está por ahí, con los fotógrafos, buscando localizaciones para el *freeride* de mañana. Las previsiones dicen que vamos a tener un día espectacular –contestó uno de ellos.

Víctor se acercó a Alma y le preguntó:

–¿Le damos un poco?

–¡No, yo no! –exclamó ella–. Ve tú.

–Vamos... –insistió él–. Quiero ver a esa Alma de la que habla mi hermano, la que se limpia la sangre y lo vuelve a intentar sin lamentarse.

–Sí, vamos. Yo también quiero verla. A mí también me apetece probar –agregó Coral ajustándose la tabla.

Todos se apuntaron a la sugerencia. Caminaron con la tabla a la espalda hasta el lugar idóneo para abordar la pista realizando trucos. Los primeros en lanzarse fueron los más jóvenes. Saltaron muy bien en algunos extremos de la pista, aunque, después de alcanzar una altura considerable en el último salto y tras abordar una cornisa que había a un lado de la pista, se estamparon.

—¡Qué vergüenza! —dijo Alma en voz baja a Coral.

—Venga, Alma. No seas niña. Es un buen momento para divertirse. Vamos a dar unos botes.

Después se lanzó a un vertiginoso descenso perseguida por Diego. Llegaron a un montículo y saltaron cada uno hacia un lado. La recepción no fue muy limpia, pero ambos se felicitaron por el resultado. Al verlos, Alma pensó que su amiga tenía razón y que había que intentarlo. Escudriñó la pista y se lanzó. Bajó a gran velocidad, convencida de que la densidad de la nieve la ayudaría a conseguir un buen salto. Quería hacerlo y se sentía capaz de conseguirlo. La seguridad que le ofrecía el piso y las ganas de volar la elevaron varios metros sobre el montículo. Gritó de gozo al sentir el vacío bajo la tabla. Observó el horizonte y se vio suspendida en el aire, como había visto días antes a Manuel. Y, entonces, miró al suelo y se dio cuenta de lo lejos que estaba. Vaciló en el momento de la recepción y cayó rodando varios metros ante las carcajadas de todos los presentes. Cuando consiguió detenerse, levantó la cabeza y miró a lo alto de la pista. Víctor, que había presenciado todo desde allí, la aplaudía divertido. Alma levantó el brazo y saludó. Se puso en pie y se hizo a un lado para dejar el camino libre. En cuanto se apartó, Víctor empezó el descenso. Realizaba trucos a ambos lados de la pista. Parecía ir muy despacio. No obstante, en los últimos metros, alcanzó más velocidad. Se preparó y ejecutó un salto espectacular, cuya recepción fue impresionante. Luego se dirigió hacia Alma y frenó cerca de ella.

–¡Ha sido perfecto! –exclamó la chica.

–He tenido suerte –repuso él.

–Ya, lo que tú digas –murmuró ella.

Se quedaron en La Laguna el resto del día practicando trucos. Víctor hizo de profesor para Alma y sus compañeros. Decía que el *snowboard* era un deporte que, aparentemente, consistía en tener arrestos y lanzarse. Pero la realidad era que requería concentración y mucha más técnica de lo que parecía. Fue muy simpático y agradable con todos ellos.

–Hay que pensar –explicaba Víctor antes de realizar un truco–. Has de tener claro dónde y cuándo vas a hacer cada maniobra en vez de hacerla porque sí; como cuando patinas.

Luego ella lo intentaba y casi siempre conseguía lo que se proponía. En una ocasión en que ambos estaban parados a un lado de la pista, mirando a los demás realizar sus trucos, Alma comentó:

–No sabía que hacías surf. Creía que sólo patinabas.

–¿Quién te hizo creer eso?

–Tu hermano. Siempre se mete conmigo porque dice que los abandono los fines de semana por «esa tontería de la nieve». Dice que, si es más difícil patinar que practicar surf, para qué perder tiempo en la nieve. Pensé que te lo habría oído decir a ti.

–¿A mí? No. Yo sólo le he dicho que es muy fácil, sobre todo si patinas porque, en cuanto al equilibrio, es muy parecido, aunque no es tan técnico como el *skate*. La progresión en el *snowboard* es mucho más rápida. Lo malo es que llevas los pies atados y hace un frío de narices pero, como vas por una montaña enorme, ves unos paisajes preciosos. Y hay una gran diferencia en la altura que se logra saltando. Con la tabla alcanzas una velocidad que no se consigue ni por asomo en el *skate*, y los vuelos son increíbles. A mí me encanta el *snowboard*. Pero mi hermano tiene su propia opinión acerca de todo. Y ya lo conoces. Es una buena pieza. Más chulo que un ocho. Hace poco me pidió que le enseñara surf.

–No me lo creo.

–Pues es verdad.

Alma lo miró extrañada y apuntó:

–Se ha debido de dar por vencido porque, tanto Raquel como sus amigos, quieren probar surf, como ese *skater* tan bueno que dice que el *snowboard* es el *skate* cuatro por cuatro.

–¡Ah, sí! ¡Manuel Palacios! Es mi jefe, ¿sabes?

–¿Sí? ¿Está aquí? Pues me gustaría pedirle un autógrafo para Raquel. ¿Es posible?

–¡Claro! Luego te lo presento.

Llegó la hora de regresar. La jornada se les hizo tan corta que no hubo tiempo de parar en el *snowpark*. Alma respiró tranquila, sabedora de que Terrón y los otros ya no se cruzarían en su camino. La última bajada del día fue espectacular. Alma y sus compañeros de clase iban detrás de Víctor y de los *riders* profesionales. Fue un descenso rápido que se convirtió en multitudinario, porque a los quince que iniciaron la marcha desde La Laguna se les fueron uniendo más surfistas a medida que avanzaban por las pistas. Ver pasar a tanta gente haciendo surf, uno detrás de otro, como si fuera una concentración de motos, era una imagen asombrosa que cautivaba a los presentes. Llegaron al pie de la telecabina al menos cincuenta, que se quitaban las tablas jubilosos por la manera de terminar el día. Era un tumulto de risas, saludos y congratulaciones. Alma y sus amigos del colegio estaban radiantes. Aquello parecía una fiesta. Víctor estuvo con ellos hasta que la reunión se disolvió. Se despidieron en Pradollano. Víctor tenía que coger la silla del Parador para subir a su apartamento. Quedaron en verse por la noche en Sticky, uno de los bares más famosos de la sierra. Alma estaba más contenta que unas castañuelas. Coral se acercó a ella, pasó el brazo por su hombro y habló en voz baja para que nadie oyera sus confidenciales felicitaciones:

–Muy bien, chica de las estrellas. ¡Es Uve Doble! ¡No es ningún pintamonas! Conociendo gente tan estupenda como él, no entiendo por qué buscas la amistad de la pandilla de Terrón.

–Fue un desafío. Creía que no les caía bien porque esquiaba –dijo ella–. Pero parece que no me consideran digna de ser su amiga aunque practique el mismo deporte.

–Ellos se lo pierden.

–Gracias –contestó Alma halagada.

La conversación terminó bruscamente porque descubrieron a David Terrón y a sus secuaces que les cerraban el paso en la puerta del hotel.

–Las niñeras y sus bebés –dijo David mientras sus amigos le reían la gracia.

–¿Tú qué dices, fantasma? –dijo Antonio.

–Lo que le da la gana, ¡mocoso! –le increpó uno de los amigos de Terrón.

Diego se puso delante de Antonio y de las chicas, y se dirigió a David en tono conciliador:

–Oye, Terrón, habíamos quedado en que cada uno a lo suyo ¿no?

–¡Claro que sí! –exclamó David con sorna–. Si contigo no va nada.

–¿Con quién va? –preguntó Coral, desafiante.

–Contigo y con *Elle*, pero no os confundáis. Es con la mejor intención. Nos tenéis impresionados; nada más –agregó David enfatizando el sarcasmo de sus palabras–. ¿Dónde habéis estado todo el día? Os hemos estado esperando en el *snowpark*. Queríamos ver a las surfistas roqueras.

Los amigos de Terrón empezaron a cantar la canción de U2 en falsete, levantando los brazos para imitar a Alma quien, al verlos, palideció, pues acababa de descubrir que su momento privado se había convertido en chanza para sus hostiles oponentes. David se percató de lo que ella estaba pensando y emprendió un ataque fulminante.

–Por cierto, *Elle* –continuó Terrón–, no nos ha costado mucho encontrar un nuevo adjetivo con tu letra: grillada. Ha sido una suerte conocerte, porque nuestro vocabulario está aumentando.

–¡Eh, guapo! ¿Es que no escuchas? Deja en paz a las chicas –sentenció Diego, aparentemente sereno.

–Pasad de él –susurró Alma agachando la cabeza y mirando de soslayo a Diego y a los demás. Pero la conversación continuó entre los amigos de David.

–Me habéis demostrado que no sabéis apreciar la amistad que se os ofrece –dijo uno de ellos con voz de falsete imitando a Alma.

La pobre chica creyó que iba a desmayarse. Era el blanco de sus burlas, cada vez más crueles y agresivas, y no se sentía capaz de hacer ni de decir nada.

–Ya sé por qué no los hemos visto hoy –señaló otro amigo de Terrón–. Seguro que estaban muertos de miedo después de lo de esta mañana y han estado escondidos todo el día.

–¿De vosotros? –preguntó Coral, incrédula–. ¡No me hagas reír!

–¿Es que no ha quedado claro que pasamos de líos? Dejadlo ya, todos –insistió Diego, mirando fijamente a Coral.

–Diego –dijo David con un tono más distendido–, tú me caes bien. No sé por qué pierdes el tiempo con ellas. Si vinieras con nosotros, al menos, aprenderías a hacer surf mejor.

A Diego aquello no le sentó muy bien.

–¡Eh, eh! –gritó Antonio–. Ya vale. ¿Es que no tenéis nada mejor que hacer? Id a practicar *snowboard*, que falta os hace, y dejadnos en paz.

–Tú cállate, niñato, o te doy un sopapo –replicó David.

–Sí, sí, seguro, tuerce botas –respondió Antonio con el brío que le caracterizaba–; si tu tabla hablara, te diría lo malísimo que eres sobre ella.

Ya no hubo tiempo para más palabras. David se lanzó sobre Antonio con intención de golpearle, pero Diego le hizo la zancadilla y cayó al suelo. David, desde el suelo, miró a Diego que, desafiante, le invitaba a levantarse.

–¡Vamos! –exclamó rabioso.

David se levantó y comenzaron a lanzarse y a esquivar golpes como si estuvieran en un combate de boxeo. Mientras, los secuaces de Terrón rodearon a Antonio. Sus amigos de clase, Pablo y Alberto, que se habían mantenido al margen hasta ese momento, soltaron sus tablas y corrieron a defender a Antonio. Coral y Alma también soltaron sus tablas y corrieron. Alma fue hacia Antonio y hacia los dos chicos de su clase que se defendían como jabatos, y Coral corrió hacia Diego.

–¡Dejadlo ya! –gritaba Coral a Diego.

Alma intentaba que dejaran de pelearse. Se puso en medio y recibió, por parte del chico que la había imitado, un empujón que la hizo caer. Antonio, al verlo, se lanzó contra él y lo sujetó. Ambos cayeron al suelo forcejeando.

–¡Basta, por favor! –gritó Alma desde el suelo, tan asustada que estaba a punto de llorar.

En ese momento, aparecieron las Bellezas acompañadas de los profesores del colegio, que consiguieron separarlos. A un lado quedó el grupo de Alma y a otro, el de David. Las Bellezas se pusieron al lado de Terrón y sus amigos.

–¿Ve, don José? Éstos son unos gamberros que van provocando y pegando a mis amigos. Espero que los castigue –señaló Cristina.

–Cristina –dijo el profesor–, te agradecemos que nos hayas avisado de la pelea, pero es el Consejo Escolar el que resolverá esta cuestión. En cuanto a los demás –continuó el profesor, refiriéndose a los que habían participado en ella–, quiero veros a todos en el comedor dentro de media hora. Daos una ducha, a ver si se templan esos ánimos; luego hablaremos.

Todos recogieron sus equipos y entraron en el hotel. Alma y Coral iban las últimas. En la puerta continuaban las tres Bellezas, con su habitual gesto despectivo y vanidoso.

–Será muy estudiosa, pero no es nada lista si los prefiere a ellos en vez de a nosotras –dijo Beatriz refiriéndose a Alma.

–No está a la altura –añadió Begoña.

–A mí, la mosquita muerta me da igual. En cuanto a la otra... –repuso Cristina–, es una descarada –farfulló Cristina cuando Coral pasaba junto a ella.

–¿Cómo me has llamado? –preguntó Coral con el ánimo incendiado.

–Ya lo has oído –contestó Begoña apoyando a su inseparable amiga.

–Y yo también –intervino Mercedes, la tutora, que estaba tras ellas, para sorpresa de todas–. Y creo que esa actitud provocativa no contribuye a la solución de este problema. Así que, será mejor que vayáis a vuestro cuarto o donde os dé la gana, si es que no queréis seguir la misma suerte que los demás.

Las tres chicas se fueron sin rechistar, mientras Coral esbozaba una sonrisa de satisfacción. Se acercó a Alma, que permanecía a su lado incapaz de pronunciar una palabra, y murmuró a su oído:

–Son unas engreídas.

Luego la miró, preguntándose por su silencio, y descubrió que en su rostro reinaba la desesperación. Mercedes también se dio cuenta.

–Alma, ¿te sientes bien? –preguntó.

–No lo sé –titubeó la joven–, pero sí sé que a esas chicas no les caigo bien. No quiero subir a la habitación hasta que se vayan.

–No deberías preocuparte por lo que piensen unas chicas tan superficiales como ésas –protestó Coral.

–Coral, por favor –interrumpió la profesora–, no sigas por ahí. Si te parece bien, Alma, en cuanto se marchen, subes, recoges tus cosas y te trasladas al cuarto de Coral.

Alma se sintió reconfortada ante la propuesta y aceptó. Esperaron en la cafetería hasta que vieron salir a las Bellezas. Coral acompañó a Alma a su habitación. Recogió sus cosas apresuradamente mientras Coral despotricaba.

–Será hipócrita la Garcés –decía–. ¿No va y me llama descarada? Esas chicas creen que, por ser guapas, son el ombligo del mundo. ¡Somos las Bellezas! –gritó imitando a las chicas, burlándose y gesticulando–. Como sigan por ese camino, se van a llevar muchas decepciones en esta vida.

Alma cerró su mochila y dijo:

–Ya está. Vámonos de aquí.

–Espera un momento –dijo Coral–. Tengo una idea.

Entró en el baño. Alma dejó sus cosas en el suelo y corrió tras de ella. La encontró mezclando el contenido de los botes que había: el champú, el suavizante, la crema, las colonias y demás potingues...

–¿Qué haces, Coral? ¿Estás loca? –preguntó Alma reprimiendo una sonrisa–. Como se enteren de que lo hemos hecho nosotras, nos van a matar.

–¿Quién se lo va a decir? Tú no; eso, seguro. Además, no se van a dar cuenta, pero se van a poner por todo el cuerpo «la receta para una piel sana» de Coral.

–A lo mejor hay cámaras en la habitación –sugirió Alma, mirando a un lado y a otro del cuarto.

–¡No seas boba! ¿Cómo van a tener cámaras?

–Pues es algo que me he planteado, porque no sé cómo todo el mundo se entera de cosas privadas que luego utiliza en mi contra –dijo, recordando su vergüenza cuando los compinches de Terrón la habían imitado cantando «In the name of love».

Salieron de la habitación a toda prisa. No había nadie en los pasillos. Cogieron el ascensor y bajaron hasta la planta en la que Coral tenía su habitación. La compartía con tres niñas de su clase que eran esquiadoras. En cuanto entraron, las niñas no cesaron de preguntar a Coral.

–¿Es verdad que ha habido problemas?

–¿Qué ha pasado?

–¿Estás bien?

–¡Chicas, chicas! Calma –dijo Coral apaciguando la urgencia de sus compañeras y haciendo las presentaciones–. Éstas son Arancha, Gema y Mónica: mis compañeras de clase y de habitación. Os presento a mi amiga Alma. Está en mi clase de *snowboard*.

–¡Hola, Alma! –saludaron las chicas con la mirada puesta en su mochila.

–Hola –repuso Alma, algo incómoda por la situación.

–Va a dormir con nosotras hasta que nos vayamos a Madrid –continuó Coral–. Dormirá en el sofá cama. Hay que hacer hueco para abrirlo esta noche. Así que, recoged un poco todo esto.

–¿Por qué te han mandado a esta habitación? –preguntó la chica llamada Arancha.

–Pues para evitar problemas –contestó Coral por Alma–. Le tocó dormir en la habitación de las Bellezas.

–¿Estabas en la habitación de las Bellezas? ¡Qué suerte! –exclamó Gema.

–¿Suerte? –preguntó Alma, al tiempo que abría la mochila para sacar sus cosas–. Yo no lo llamaría suerte.

–Son las chicas más guapas del colegio. ¡Y tú has estado todos estos días con ellas, compartiendo sus vidas y sus secretos de belleza! ¡Claro que es una suerte! –concluyó Mónica.

–Suerte, la mía –intervino Coral–, porque he conseguido que Alma pase las últimas noches con nosotras. Así obtendréis un testimonio de primera mano que logre convenceros de que esas chicas son unas memas.

Coral zanjó la conversación. Tenían que ducharse y bajar al comedor para recibir la reprimenda del profesorado. Se arreglaron a toda prisa y bajaron. Fueron las últimas en entrar a la sala. Se sentaron con sus amigos. David y su pandilla ocupaban otra mesa. Don José les comunicó que no tenía intención de escuchar a ninguno de ellos, que sólo los había reunido para comunicarles la decisión que habían tomado respecto a la pelea. Dijo que se trataba de un hecho intolerable, que no tenía importancia quién iniciara la pelea, porque «dos no se pelean si uno no quiere» y que, por suerte, no había ningún herido gracias a la advertencia de unas alumnas y de que los profesores pudieron intervenir a tiempo.

–Seguro que lo tenían planeado –masculló Coral.

Don José continuó diciendo que, de momento, quedaban prohibidas las salidas nocturnas, que la hora de estudio se incrementaría una hora para que tuvieran oportunidad de reflexionar y que, cuando llegaran a Madrid, se someterían a un Consejo de Disciplina: serían sancionados con partes que influirían en la evaluación final. Además, a todos ellos les quedaba prohibida la asistencia a sucesivas Semanas Blancas. Los que terminaban sus estudios no se verían afectados por la última sanción, ya que abandonaban el colegio, pero no podrían participar en actividades extraescolares programadas por el centro desde ese momento hasta final de curso. Eso era lo que habían decidido, a menos que resolvieran sus diferencias y demostraran, con su actitud, que el incidente había quedado atrás. La charla terminó y comenzó la hora de estudio adicional, que transcurrió entre miradas y ademanes. Más tarde se les unió el resto de los alumnos del colegio. Todos estaban enterados de lo que había pasado a las puertas del hotel y cada cual tomó partido por un grupo. Cuando terminó la hora de estudio, todos marcharon a sus habitaciones para dejar los libros y bajar a cenar. Alma y Coral salieron las primeras del salón. Estaban deseando perder de vista a los responsables de sus desgracias. Diego, Antonio y los jóvenes surfistas, Pablo y Alberto, salieron detrás de ellas como si fueran sus guardaespaldas. Se metieron en el ascensor tan rápidamente como pudieron.

–Esto va a ser una tortura –dijo Coral–. Por su culpa, nos castigan a nosotros.

–A ellos también les han castigado –recordó Alma.

–Sí, pero a ellos les da igual no ir a la Semana Blanca el año que viene porqué ya no estarán en el colegio –señaló Antonio–. En cambio, nosotros, estamos listos.

–Lo siento, chicos –se lamentó Alma, avergonzada–. Ha sido por mi culpa.

–De eso, nada –dijo Diego–. A ninguno nos cae bien la pandilla de Terrón.

–Sí, eso es verdad. Así que, no te creas tan importante –comentó Antonio, con ironía.

–Me gustaría que algún día recibieran un escarmiento –repuso Coral.

–Yo preferiría que recibieran un escarmiento sin necesidad de la violencia –repuso Diego–. De hecho, creo que fuimos imprudentes cayendo en su provocación, porque nos hicieron creer que ganaríamos por K.O. y, al final, perdimos a los puntos. Nos tendieron una trampa y caímos como panolis.

Las palabras de Diego dejaron una terrible sensación en todos ellos y se hizo un significativo silencio. La puerta del ascensor se abrió y cada uno se fue a su habitación. Coral no cesaba de arremeter verbalmente contra sus enemigos.

Alma permanecía callada, invadida por un terrible sentimiento de culpabilidad. Continuó en silencio durante la cena. Buscaba una solución. Tenía que evitar por todos los medios que sus amigos fueran castigados. Decidió hablar con los profesores. Les diría que ella había provocado la pelea y que solamente ella merecía el castigo. Esperó a que acabaran de cenar y se acercó a ellos.

–Don José –dijo–. Me gustaría hablar con ustedes.

Los alumnos abandonaban el salón. Coral y los demás miraban extrañados a Alma y se preguntaron qué se proponía. Tras vaciarse el comedor, los profesores invitaron a Alma a que se sentara en su mesa para poder hablar con comodidad. Se sentó y les dijo que ella había provocado todo porque se llevaba mal con las chicas de su habitación y que, como eran amigas de Terrón, él y sus amigos fueron a meterse con ella. Los chicos de los cursos inferiores ni siquiera eran amigos suyos; sólo estaban en su clase de *snowboard* y se habían visto envueltos en la riña por defenderla. Era injusto que fuesen castigados y, para colmo, eran los más perjudicados, pues todavía les quedaban algunos años en el colegio. Recalcó que estaba dispuesta a asumir todas las responsabilidades, incluso la expulsión, aunque eso significara perder un año académico.

–Pero, por favor –rogó Alma con lágrimas en los ojos–, perdonen a mis compañeros.

Su alegato de culpabilidad y exculpación de sus amigos fue conmovedor, pero no obtuvo los resultados esperados. Los profesores apreciaron su nobleza al intentar cargar con todas las culpas y reafirmaron su opinión de que

Alma era una de las mejores alumnas que había pasado por el colegio, pero no la creyeron. Cuando abandonó el comedor, sus amigos la estaban esperando en el recibidor.

–¿Qué ha pasado? –preguntó Coral.

–Nada. Traté de convencerlos de que no teníais nada que ver para que os perdonaran –contestó Alma con la mirada en el suelo–, pero no lo he conseguido.

–Te agradecemos el gesto, pero que saques buenas notas no te convierte en directora del colegio –dijo Antonio.

–Sí –afirmó Diego–. Además, no tienes que cargar con las culpas de todo. ¡Quítatelo de la cabeza! Cada uno es responsable de sus actos.

–Pero yo me siento responsable de lo que ha pasado. Si no os hubiera conocido, no estaríais en este aprieto –se lamentó Alma–. Voy a proponerles una cosa –añadió muy seria–. Haré sus deberes de las asignaturas comunes, si dicen que la culpa es de ellos.

–¡No digas eso ni en broma! –se negó Antonio–. Además de que nos han metido en este lío, saldrían beneficiados. Me niego.

–Antonio tiene razón –afirmó Diego–. Ni se te ocurra decirles eso. No te preocupes. Ya pensaremos algo.

–Si existe la justicia –repuso Coral–, algún día Terrón y sus amigos recibirán un poco de su medicina.

Los profesores salieron del salón y, en ese momento, la conversación acabó.

–Ya nos vamos –dijo Coral ante las miradas de desaprobación de los profesores al encontrarlos allí–. Espero que los otros castigados reciban la misma vigilancia que nosotros.

Mercedes la miró con gesto severo y la advirtió que, por su bien, dejara de hacer comentarios que sólo empeorarían la situación. Los cuatro chicos se fueron por un lado, y Alma y Coral, por otro. Cuando llegaron a su cuarto, encontraron a sus compañeras preparándose para salir.

–Manteneos lejos de las Bellezas –les dijo Coral–. Y, si os preguntan por nosotras, decidles que os caemos mal y no habléis más con ellas, por favor.

–No te preocupes –dijo Gema.

En cuanto se quedaron solas, Coral propuso hacer balance de la semana.

–Vale. Sabemos qué es lo que queremos hacer con nuestras vidas porque tenemos claro lo que vamos a estudiar cuando salgamos del colegio; hemos andado sobre nieve virgen fuera de pistas; hemos descubierto que podemos ser amigas, que Terrón y las Bellezas nos la han jugado y que nos caen fatal –repuso Coral entre risas–, pero me queda por saber quién era el chico con el que te vi haciendo surf el miércoles.

–¡Santo cielo! –exclamó Alma acordándose de Manuel–. ¡Es verdad! Con todo lo que ha pasado, me había olvidado de Manuel.

–Manuel. Así que ése es el nombre del chico misterioso. ¡Hum! –murmuró Coral satisfecha por la confidencia–, pues desde la silla se adivinaba que era guapo... y hacía surf como un *pro*. ¿De qué lo conoces?

Alma relató con detalle todos sus encuentros con Manuel. Le contó que el lunes, después de que David la empujara de la silla y la dejara tirada en el suelo, Manuel la había rescatado y acompañado hasta Pradollano; que fue él quien le enseñó a ponerse las ataduras de pie; que luego lo vio volar como un ángel y que, al día siguiente, apareció entre la niebla y la condujo por los caminos de la evolución.

—¡Qué misterio!

—Pues, si eso te parece misterioso, verás cuando te cuente lo que pasó anoche.

—¡Anoche! —exclamó Coral—. Antonio fue a buscarte para que vinieras con nosotros a ver a los *skaters* y no te encontró. ¿Estabas con Manuel?

—Sólo un rato, pero pasó algo... —se detuvo un momento buscando la palabra adecuada— extraño. Si te lo cuento, no te lo crees.

—¡Claro que sí! —afirmó Coral—. Vamos, dispara. Me tienes en ascuas.

—Es que..., creerás que soy tonta, pero —dijo Alma— anoche tenía unas ganas terribles de pasear. Salí a la calle. Hacía muy buena temperatura y me paré junto a las escaleras. El viento sopló y apartó las nubes que ocultaban a Casiopea.

—¿Casiopea? —preguntó Coral—. ¿Es una estrella?

—Una constelación —precisó Alma—. Está prácticamente enfrente de la Osa Mayor y, en medio de las dos, se encuentra la Estrella Polar. El caso es que, mientras miraba las estrellas, aparecieron los *skaters*. A mí me pareció reconocer a Víctor. Salí tras ellos y desaparecieron.

—Porque se metieron en el aparcamiento —concluyó Coral—. Ya te lo dije esta mañana. ¡No sé dónde ves tú el misterio!

–¡Espera! –protestó Alma–. Déjame acabar.

–Vale, perdona –se excusó Coral–. Continúa.

–Las nubes se cerraron y ocultaron las estrellas. Yo creía que había visto visiones cuando me topé con Manuel. De repente, se puso a nevar. Él me dijo que iba a nevar mucho porque estaba entrando una borrasca del norte. ¡Y mira si ha nevado!

–¡Oye, Alma! –se quejó Coral–. No hay nada extraordinario en que un chico te dé el parte meteorológico.

–¿Quieres callarte y tener más paciencia? ¡Todavía no he terminado! –protestó Alma.

–Perdona, perdona –se disculpó Coral.

–Me dijo que esa nieve era de mejor calidad y, para demostrármelo, estiró el brazo y... unos copos enormes cayeron sobre su chupa oscura. ¡Eran preciosos, grandes como aceitunas! Estaba maravillada con las diferentes formas de las estrellas de nieve sobre la manga de Manuel cuando, de repente, descubrí a Casiopea.

–¿Te pusiste a mirar el cielo otra vez?

–¡No! ¡Estaba en su brazo! ¡Las estrellas de nieve habían caído sobre él y habían adoptado la forma de Casiopea!

–¿Estás segura?

–¡Claro que sí! –exclamó Alma–. Me quedé desconcertada. Él me vio la cara y me preguntó si me pasaba algo. Yo no sabía qué hacer pero, desde luego, no le iba a contar todo lo que me estaba pasando, o creería que me había vuelto loca. De hecho, era lo que yo pensaba: que me había vuelto loca.

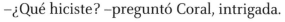

–¿Qué hiciste? –preguntó Coral, intrigada.

–Pues salir corriendo. Y no he vuelto a verlo –concluyó Alma.

–¡Vaya! ¡Qué historia! –suspiró Coral–. Me está encantando conocer a la verdadera Alma –añadió mirando fijamente a su amiga.

–¡Ah! ¿Sí? A mí, también. Yo tampoco la conocía mucho, hasta ahora –dijo Alma en tono jocoso–, ¡pero me va a volver loca, porque no para de hacer y decir cosas extrañas... y, además, tiene visiones!

Las dos chicas se pusieron a reír. Coral dijo:

–Es posible que fueran visiones, pero –hizo una pausa para analizar la situación– también creíste que la aparición de Víctor y sus amigos había sido un espejismo, y luego fue real. Yo prestaría atención a ese tipo de cosas, por muy raras que te parezcan.

–De acuerdo –accedió Alma–. Pero no se lo cuentes a nadie, porque, con la fama que tengo, es lo último que me falta.

–¡Ah! Mañana mismo se lo cuento a todo el colegio –dijo Coral burlándose.

–Mañana será un gran día: acaban las clases. Hay carreras... Y este año yo no ganaré –se lamentó Alma.

–¡Claro que no! ¡Ganaré yo! –exclamó Coral–. Recuerda que este año competimos en el mismo grupo.

–Ya lo sé –dijo Alma sonriendo– y, como me caes muy bien, había pensado dejarte ganar –ambas se echaron a reír–. Lo malo es que tendremos que soportar cómo Terrón y los otros disfrutan su victoria.

–Espero que no.

–¿Crees que alguien podría ganar a Terrón? –preguntó Alma intrigada.

–Claro que sí –afirmó Coral–. Este año tendrá que competir contra los Máquinas.

–¿Los Máquinas?

–Pablo y Alberto. Así los llama Antonio, porque hablan poco y son unos entusiastas del *snowboard*. Este año los han puesto en el grupo de descenso de Terrón. Son más rápidos que él. David habla mucho y practica poco. Los Máquinas le han contado a Antonio que hoy ha ido matándose por la nieve virgen. Y eso me confirma que mañana no será su día, sino el de los Máquinas.

Alma escuchaba atentamente. Cuando Coral terminó, permaneció callada unos instantes y luego dijo:

–¿Te acuerdas de lo que dijo Diego en el ascensor acerca del boxeo?

–¿Boxeo? Lo hemos practicado –dijo riendo–, pero no recuerdo que hayamos hablado de boxeo.

–Sí –insistió impaciente Alma–, eso de que creíamos que los estábamos dejando K.O. y, sin embargo, nos ganaron a los puntos.

–Sí. ¿Y?

–Se me está ocurriendo una idea.

Sábado

Las previsiones para el día se cumplieron. Cuando amaneció tan sólo quedaban algunos grupos de nubes en el horizonte. A medida que el sol asomaba para despertar las montañas de Sierra Nevada, la nieve refulgía más y más. Sobre el sillón, Alma y Coral observaban el despuntar del día. El sueño había sido intermitente después de tantos hallazgos y elucubraciones. Habían estado preparando la estrategia para el último día hasta bien entrada la noche.

–Espero que salga bien –musitó Alma.

–Seguro –dijo Coral–. Mira qué día hace. En un día así, nada puede salir mal.

Mónica se estiró en la cama y dijo adormilada:

–Tengo un mensaje para vosotras.

Coral y Alma se miraron y sonrieron con complicidad, creyendo que el mensaje procedía de las Brujas, nombre por el que habían sustituido el apodo de las Bellezas.

–¿De quién? –preguntaron a la vez en tono sarcástico. Al darse cuenta de que habían hablado al mismo tiempo, empezaron a reír. No obstante, las risas se cortaron en seco en cuanto oyeron la respuesta.

–De un chico que se llama Víctor –masculló Gema revolviéndose en su cama.

Alma se puso en pie de un salto.

–Cuando volvíamos al hotel, se nos acercó y nos preguntó si os conocíamos. Se puso muy contento cuando le dijimos que éramos vuestras compañeras de habitación –relató Arancha.

–Le contamos lo de la pelea y que estabais castigadas sin salir –apostilló Mónica.

–¡Por favor! –suplicó Alma enfáticamente–, decidme cuál es el mensaje.

* * *

Las carreras se celebraban para evaluar el trabajo realizado durante la semana. Consistían en descensos cronometrados. Se disputaban por parejas en grupos del mismo nivel. Los niveles de esquí y *snowboard* se agrupaban por letras. Así, el grupo A era el de los debutantes; el B, el de los intermedios; el C, el de los avanzados; el D, el de los expertos. Los alumnos estaban nerviosos por el hecho de disputar una prueba ante todo el colegio. Los primeros en competir eran los debutantes. Mientras se celebraban las primeras carreras, David y sus amigos se reían a carcajadas de los que se caían durante el descenso. Las Bellezas dijeron a Mercedes que se habían resfriado, les dolía la cabeza y no podían participar. Así evitaban hacer el ridículo. Se quedaron junto a David y los demás. Las carreras se iban sucediendo sin novedad, hasta que le llegó el turno al grupo C, el de Alma. En cuanto vieron a Coral y a Alma prepararse para su descenso, David y los suyos empezaron a silbar y a burlarse de ellas. Las chicas se mantuvieron indiferentes y se concentraron en la carrera que, para ambas, se había convertido en un desafío personal.

–Esto no tiene nada que ver con nuestro plan así que, si puedo, te ganaré –advirtió Coral a Alma.

–Lo mismo te digo –repuso Alma.

El monitor dio la salida y las dos chicas se lanzaron con fuerza. Alma tomó la delantera. Iba muy alerta y, a la vez, muy cómoda, pasando limpiamente todas las banderas. Por un momento creyó que esquiaba. Entonces cometió un error y se cayó justo delante del grupo de David. Todos se mofaron de ella con exagerados y escandalosos aspavientos, pero esta vez no consiguieron que Alma se ofendiera. No le importaba perder la carrera si conseguía ganar otras cosas. Se puso en pie y siguió descendiendo. Mientras tanto, Coral continuó a toda velocidad sin detenerse y marcando un buen registro.

–¡A ver si podéis superar eso! –gritó en dirección al lugar de inicio de la carrera, donde ya estaban preparados Diego y Antonio.

Alma completó el descenso pero, debido a la caída, su registro fue muy alto. Se acercó a Coral y la felicitó. El monitor le dijo a Alma:

—Lástima que te hayas caído, porque ibas muy bien. Y tú —añadió refiriéndose a Coral—, has hecho un descenso de campeona. Es el mejor registro hasta ahora. Si Diego y Antonio no lo rebajan, el trofeo es tuyo. De momento, tienes el tercer puesto asegurado.

Las dos celebraron la noticia y se apartaron para presenciar el descenso de sus amigos. Antonio y Diego bajaban a la par. Estuvieron igualados hasta el último momento. No obstante, fue Diego el primero en pasar la línea de meta. Coral corrió a recibir a Diego, mientras Alma se acercaba a Antonio para consolarlo.

—Has perdido por décimas de segundo —dijo Alma mientras él refunfuñaba—. Es una lástima, pero... ¿a que no sienta tan mal si pierdes frente a un amigo?

El monitor cogió el micrófono y anunció el resultado definitivo de la carrera de nivel C. Los nombres de Diego, Antonio y Coral, primero, segundo y tercero, respectivamente, resonaron en la montaña. Los cuatro festejaron el resultado abrazados y saltando sobre la línea de meta. De reojo vieron que David y sus amigos se habían acercado a ellos por detrás de la valla que delimitaba la llegada.

—Celebradlo ahora, porque esta noche no va a poder ser. Estáis castigados y no podréis recoger los trofeos —dijo David.

—Tú tampoco podrás salir —le increpó Antonio.

—No me importa. He ganado ya muchos trofeos y me da igual uno más —contestó David, y luego se encaminó con sus amigos hacia la silla que los llevaría a la pista donde se disputaba la carrera del grupo D.

–Coral, ¡ahora! –susurró Alma. Coral asintió. Era el momento para llevar a cabo el plan trazado con esmero la noche anterior.

–¡Esperad! –gritó Coral.

David se detuvo al escucharla. Sus amigos especularon sobre el motivo de la llamada. Cristina Garcés observaba unos metros más arriba. Coral caminó con decisión hacia los chicos, segura y seductora como nunca antes se había sentido. En eso consistía gran parte del plan. Diego la observaba a cierta distancia. Él y Antonio no debían intervenir.

–¿No es mejor que se lo digamos nosotros? –preguntó Diego.

–No. Es mejor que vaya Coral. Si vais vosotros, acabaréis peleando como ayer –dijo Alma.

–¡Pues yo me niego a que una chica dé la cara por mí! –protestó Antonio.

–Tienes que ser paciente. Estamos en una situación embarazosa y tenemos que salir de ella. Hemos de jugar con astucia, si queremos obtener resultados –explicó Alma.

–Espero que tenga suerte –deseó Diego.

Alma siguió con la mirada a su amiga. Se mantuvo junto a Diego y a Antonio, en silencio, observando. Cuando Coral estuvo frente a David repuso:

–Tengo que haceros una proposición.

–¿Deshonesta? –preguntó David con ironía, acompañado del coro de risas de sus amigos.

–¡Qué original! –contestó Coral–. Quiero apostar. Apuesto a que hoy no ganarás la carrera, ni tú, ni ninguno de tus amigos.

David y sus amigos prorrumpieron en risas y expresiones jocosas. Coral volvió la cabeza hacia sus amigos y les guiñó un ojo. Volvió a mirar a David y le dijo:

—Me alegro de que te haga tanta gracia. ¿Qué apuestas tú a que ganas la carrera? —preguntó Coral.

—¡Lo que quieras! Está más claro que el agua que voy a ganar yo —se jactó David entre risas.

—Pues, si tan claro lo tienes, ¿qué te parece esto? Si ganas la carrera, les diremos a los profesores que ayer os provocamos y que no os quedó otro remedio que respondernos. Os eximiremos de responsabilidades y así podréis libraros del Consejo Escolar. Ya sabéis que un parte de disciplina puede restar puntos en la nota media.

Los chicos escucharon atentamente a Coral y comentaron brevemente su propuesta. A todos ellos les parecía buena idea.

—Claro que, si no ganas —continuó—, seréis vosotros los que asumiréis el Consejo de Disciplina y nosotros quedaremos libres de culpa.

—A ver si lo he entendido. Si gano la carrera, cargáis con las culpas; si pierdo —rió irónico—, lo haremos nosotros. Creo que estás loca por apostar eso..., ¡pero me gusta vuestra propuesta! ¿En quién has pensado para defender vuestra causa? Porque vosotros no podéis correr en mi grupo.

—En Pablo y Alberto —repuso Coral.

—¿Zipi y Zape? —se burló David—. Nos lo ponéis muy fácil. A esos críos los gano sin pestañear. Voy a darles una oportunidad, porque me hace gracia que sueñen con la posibilidad de ganarme. Les daré una lección.

Coral ofreció su mano para sellar el trato y el chico la estrechó. Ella le miró fijamente, apretó con fuerza y repuso:

–Ya lo veremos.

Se dio la vuelta y se dirigió hacia donde estaban sus amigos. Pablo y Alberto ya estaban arriba, preparados para salir. Competirían en la misma manga. Mientras, David Terrón y los otros subían en la silla. Desde allí pudieron comprobar que ganar a los Máquinas en aquella nieve iba a ser más difícil de lo que esperaban, porque los dos chicos bajaban a gran velocidad. Una vez en la línea de salida, David y sus amigos se conminaron para hacer un buen tiempo y ganar la carrera. Uno tras otro, fueron descendiendo, pero ninguno consiguió rebajar el tiempo de los Máquinas. Cuando el monitor dio la orden de llegada, todos los asistentes se llevaron una gran sorpresa. El mejor tiempo lo marcó Pablo; el segundo, Alberto y el tercero, David Terrón. A un lado de la meta, los Máquinas eran felicitados por todos los asistentes, especialmente por Antonio, Alma, Coral y Diego. Las compañeras de habitación de Coral también se acercaron con curiosidad. Querían saber quiénes eran los chicos que habían conseguido desbancar a David Terrón en la carrera del último día de la Semana Blanca. Coral se acercó al grupo de Terrón para reclamar la palabra que habían empeñado. Las Bellezas también se habían acercado para reconfortar a sus amigos tras perder la carrera.

–¡Vaya, vaya! ¡Qué alegría veros por aquí! ¿No tenéis que ir a hablar con alguien? –preguntó Coral. Ahora era ella la que hablaba con ironía mientras los chicos guardaban silencio–. ¡Qué dura es la derrota cuando no se espera!

¿Verdad? ¡A ésos los gano sin pestañear! –añadió imitando a David–. Me parece que os toca pagar.

–Muy bien, pero me parece muy cobarde por vuestra parte utilizar a unos críos para resolver vuestros problemas. Así que, como he perdido contra ellos, diré que ninguno de los dos es culpable. Pero vosotros no os habéis ganado nada –dijo David.

–¿Estás loco? Eso no es lo que habíamos pactado. Apostaste que daríais la cara por nosotros si no ganabais la carrera –se quejó Coral.

–Tiene razón. Nosotros no hemos ganado nada –intervino Alma, que se había acercado acompañada de sus cuatro amigos y de las niñas de su cuarto–. Pablo y Alberto han ganado su carrera. Todos nosotros diremos que ellos dos no tuvieron nada que ver en la pelea y que sólo se acercaron para separarnos. Es la verdad. No tenían nada contra vosotros. Se vieron envueltos en la pelea porque son amigos nuestros.

–Me parece bien –accedió David–. Hablaremos con los profesores y Zipi y Zape quedarán libres.

Coral miraba a Alma como si quisiera estrangularla. En cambio, ella le devolvió una mirada tranquilizadora.

–Algo trama –susurró Diego al oído de Coral.

–Perfecto –dijo Alma–. ¿Y qué pasa con nosotros? ¿No nos vais a dar una oportunidad?

–¿Oportunidad?

–Sí –repuso Alma–. En La Laguna hay una pista ideal. Está apartada. Es un lugar perfecto para una carrera sin gente del colegio, sin tiempos, sin reglas... Vosotros contra nosotros. Una carrera que termine con esta confrontación de una vez por todas.

David soltó una carcajada y de la herida del labio, causada en la refriega del día anterior, surgió una gota de sangre. Sus amigos también se rieron. Todos tenían señales de la lucha. Alma permanecía impertérrita, observando atentamente las reacciones de sus opositores, consciente de que estaba jugando una baza a la desesperada. Cristina Garcés se acercó a David y le limpió la sangre del labio con un pañuelo. Luego David se puso muy serio y dijo:

–¿Por qué tendríamos que correr contra vosotros?

–Si corréis en La Laguna y nos ganáis, no sólo os libraréis del Consejo de Disciplina, sino que recuperaréis vuestro orgullo tras perder contra los niños. Y, además –hizo una pausa y observó el gesto de David, que la escuchaba con atención–, haré todos los trabajos de las asignaturas comunes que os manden desde ahora hasta final de curso. Todos los trabajos de inglés, historia y lengua –reiteró–, a todos y cada uno de vosotros.

Al oír la propuesta de Alma, los presentes empezaron a cuchichear. Todos la miraban. Aun así, ella continuaba impasible.

–Pero, si perdéis –advirtió–, tendréis que librarnos de culpas en la pelea de ayer a mis amigos y a mí, y sólo vosotros cargaréis con el Consejo de Disciplina. Es una buena oferta a cambio de participar en una carrerita, que probablemente ganéis.

David se quedó pensativo. Sus amigos se acercaron y le animaron a que aceptara el reto. Bajó la cabeza, se frotó el cabello con las manos, como si buscara una respuesta y, finalmente, respondió:

–Vale, pero Zipi y Zape no pueden correr.

–De acuerdo. Es lo justo –afirmó Alma–, si me prometes que hablarás con los profesores a su favor pase lo que pase en la carrera.

–Hecho –dijo David.

–No me fío –intervino Coral–. Ése no dirá nada aunque gane. ¡Lo quiero por escrito!

–¿Ah, sí? –preguntó David–. ¿Te has traído un notario?

–¡Que dejen algo en prenda! –exclamó Arancha sin poder contenerse, emocionada por la situación.

Alma la miró y por su mente cruzó una idea que solucionaría el problema.

–Sois seis –dijo–. Nosotros somos cuatro. ¿Por qué no eliges a tres de tus amigos para la carrera y los que no corran dejan las tablas a las niñas? Si ganáis, las recuperaréis inmediatamente; si perdéis, quedarán confiscadas junto con las vuestras hasta que nos comuniquen que estamos exentos de culpas y del Consejo Escolar. Si sucede al contrario, nosotros os dejaremos nuestras tablas.

–De acuerdo –dijo David ofreciendo su mano. Ella la estrechó fuertemente.

–Entonces –concluyó Alma–, nos vemos dentro de una hora en La Laguna.

Después, el grupo de David se alejó de ellos en dirección a Borreguiles.

–¿Estás loca, Alma? –preguntó Diego muy preocupado–. ¡No podemos ganar!

–Claro que sí. Ayer, mientras ellos repetían el mismo truco una y otra vez en el *snowpark*, nosotros nos hicimos La Laguna de arriba abajo. ¡La conocemos! ¡Conocemos cada bache!

–Yo estoy con ella –dijo Antonio–. Tiene sentido. Es la única forma de librarnos de este problema.

–Sí –afirmó Coral–. ¡Podemos hacerlo!

Diego miraba a sus amigos, indeciso. Alma se dirigió a él.

–Vamos, Diego. La nieve está a nuestro favor. ¡Confía en mí! ¡Y en ti! La confianza es nuestra mejor arma.

Al fin, Diego accedió y se pusieron en marcha. Las tres compañeras de clase de Coral y los Máquinas los acompañaban. Las tres niñas se acercaron a Alma.

–Has estado increíble –comentó Mónica.

–Brillante –precisó Gema.

–A mí me ha encantado que contaras con nosotras para hacernos cargo de las tablas –repuso Arancha.

–Gracias, chicas –dijo Alma–, pero es muy importante que hagáis bien vuestro papel. Esas tablas serán nuestra garantía, si ganamos.

–Eso espero –deseó Gema–. La pena es que Pablo no estará en la carrera. ¡Es el mejor!

–Por unos segundos –especificó Mónica–, porque Alberto es tan bueno como Pablo.

–Ganaréis –aseguró Arancha–, porque, aunque no estén los Máquinas, sí estará Antonio. ¡Y es tan majo! ¡Y hace surf tan bien!

–Ganaremos –aventuró Alma.

Tal como decía el mensaje, Víctor estaba en La Laguna. Alma llegó acompañada de todos sus amigos. Estaba muy contenta porque había subido la percha a la primera, y eso la había llenado de confianza.

–Hemos organizado una carrera contra unos chicos de nuestro cole –dijo Antonio a Víctor.

–Son los de la pelea de ayer. Hemos hecho una apuesta con ellos. Tenemos que ganar. De eso depende que nos libremos del Consejo de Disciplina que nos han impuesto –explicó Alma.

–Y así daremos una lección a esos creídos –añadió Coral.

–Y nosotras guardaremos sus tablas para que cumplan lo prometido –declaró Arancha.

–Son buenos –comentó Diego–. No va a ser tan fácil ganarlos.

–¿Cómo que no? –protestó Antonio–. Yo me encargo de ir derribando a todos, mientras tú ganas la carrera.

–¡No! –gritó Alma–. Tiene que ser una carrera limpia. No debemos darles ninguna excusa para no pagar su deuda, en el caso de que pierdan.

Víctor observaba al grupo y los seguía con la mirada cada vez que alguno intervenía. Luego dijo:

–Deberíais planear una estrategia. Esta pista es enorme. En un descenso a cañón hasta el remonte pueden pasar muchas cosas.

–¿Qué sugieres? –preguntó Coral.

–Que utilicéis el factor sorpresa. Supongo que correréis por este lado de la pista, porque es el que está mejor para el descenso. Al otro lado hay mucha nieve, pero es por donde tenéis que bajar..., al menos, uno de vosotros. Para llegar al final antes que ellos, necesitaréis mucho impulso. Y justo en esa zona es donde hay mayor inclinación. Alcanzaréis más velocidad y ellos se quedarán clavados en el plano. Si termináis la carrera por allí, llegaréis a la silla como balas. Ganaréis, aunque parezca que vais a perder.

Todos escucharon con interés las palabras de Víctor. Tenía razón. Lo comprobaron con un descenso rápido. Después volvieron a subir, se quitaron las tablas y esperaron. Las niñas se quedaron con los Máquinas al pie del remonte a la espera de David Terrón. Llegó escoltado por su séquito de admiradores. Los chicos que no participaban en la carrera se quitaron las tablas, se las entregaron a las niñas y se fueron al otro lado de la pista seguidos por las Bellezas. Pablo y Alberto no les quitaron la vista de encima. Las niñas dejaron las tablas al encargado del remonte. Entre tanto, David Terrón y sus tres compañeros ascendieron al encuentro de sus oponentes.

–¿Son ésos? –preguntó Víctor al verlos.

–Sí. Y es por mi culpa por lo que estamos en este aprieto –se lamentó Alma–. La pelea de ayer no hubiese tenido lugar si a mí no se me hubiera ocurrido la brillante idea de aprender *snowboard*.

–No sé a qué te refieres pero, tal como yo lo veo, celebro que decidieras aprender –dijo Víctor–. Ahora, concéntrate en la carrera y gánala. Te espero abajo.

Después se alejó haciendo surf. Se paró a un lado de la pista, cerca de la llegada, para presenciar la carrera desde allí, acompañado de algunos de sus amigos *skaters*. Arriba,

David y sus compañeros ya estaban junto a Alma y los suyos, dispuestos a realizar el descenso de sus vidas.

–¿Estáis preparados? –preguntó Coral.

–Por supuesto –contestó David.

–Haz los honores –dijo Alma dirigiéndose a Antonio.

–¡A la de tres! –repuso el joven–. ¡Una, dos y tres!

Los ocho competidores iniciaron la carrera. David y sus amigos tomaron la delantera. Antonio los seguía de cerca. Cuando se aproximaba al chico que cerraba el cuarteto, éste realizó un giro brusco, ambos chocaron y cayeron al suelo. Diego aprovechó el hueco y adelantó posiciones poniéndose a la altura de uno de sus oponentes que, a su vez, intentó derribarle a él. Sin embargo, esquivó la ofensiva y fue el otro el que cayó. Coral y Alma lo adelantaron y siguieron la estela de Diego. Mientras, Antonio y los otros dos corredores se incorporaron para seguir en la carrera. Diego alcanzó al tercer chico y lo rebasó. Ahora, por delante, tan sólo quedaba Terrón. Cerró los giros y aumentó la velocidad. Coral se puso a la par del otro chico. Giraban muy cerca el uno del otro hasta que chocaron y también cayeron.

–¡Sigue, Alma! –gritó Coral al ver pasar a su amiga–. ¡Ve por donde dijo Víctor!

Alma se abrió a la izquierda y contempló la lucha entre Diego y Terrón. Estaban muy igualados, pero David estaba más adelantado. En la zona por donde ella andaba había mucha nieve. La punta de la tabla se le hundía y cada vez iba más despacio. Por un momento pensó que todo estaba perdido. Entonces, oyó la voz de Víctor, que estaba un poco más abajo.

–¡Aguanta, Alma! ¡No intentes girar hasta que asome el *nose*! ¡Aguanta!

Alma iba paralela a Diego y a David, que continuaban luchando por la primera posición. Si lograba saltar el desnivel en el que terminaba la zona por la que estaba andando, los adelantaría a los dos, tomaría una considerable ventaja y ganaría la carrera. El *nose* emergió de entre la nieve. Clavó el canto de puntas para abordar el salto. La tabla enganchó unos instantes y, después, salió despedida. Voló algunos metros, cerró los puños y aterrizó limpiamente, consiguiendo rebasar a los dos chicos. Se colocó en cabeza a falta de unos cien metros para la meta. Los cubrió a gran velocidad, con las rodillas flexionadas y la tabla plana, sin usar los cantos. Cuando cruzó la línea de llegada, la ventaja que sacaba a David y a Diego era de, al menos, veinte metros.

–¡Síííí! –gritó alborozada. Levantó los brazos, radiante. Sus amigos la rodearon felicitándola, exultantes por el resultado de la carrera. Entre tanto, Diego y Terrón llegaron a la meta. Diego corrió a felicitar a Alma. Víctor, que había bajado tras ella, se acercó y le dijo:

–¡Muy bien, surfista!

Alma estaba jadeante por el esfuerzo y la emoción.

–Gracias. Si no nos hubieras indicado por dónde bajar, no lo habríamos conseguido –exhaló el aire y sonrió.

–No me des las gracias. Estoy seguro de que siempre consigues lo que te propones –repuso Víctor.

–No te creas –dijo ella mirando hacia donde estaban los perdedores de la carrera.

David estaba rodeado de sus secuaces y de las Bellezas. Todos parecían preocupados y David aparentaba estar algo perdido. De pronto se acercó a Cristina y le dijo algo al oído. La chica reunió a sus amigas y se marcharon en busca de las tablas empeñadas, con intención de recuperarlas. Pero, cuando llegaron al pie del remonte, encontraron al encargado custodiando las tablas. Él les impidió llevárselas argumentando que sólo se las devolvería a las personas que se las habían confiado. Las Bellezas volvieron desconcertadas y se lo contaron a sus amigos. Mientras tanto, Antonio y Diego alzaban a Alma, con tabla y todo, y el resto la vitoreaba. Después de la celebración se volvieron hacia sus rivales y reclamaron sus tablas.

–Habéis perdido las tablas –dijo Antonio.

–Ven a por ellas, si te atreves –espetó Terrón.

–Como quieras –repuso Antonio soltando de un golpe su tabla y dirigiéndose hacia él.

–¡Un momento! –dijo Diego–. Nada de peleas. Tenéis que dárnoslas. ¿O es que no tenéis honor?

–Hablad con los profesores. Cuanto antes lo hagáis, antes recuperaréis vuestras tablas –declaró Alma.

–¿Y si no lo hacemos? –preguntó David, desafiante.

–Yo que tú, lo haría –advirtió Víctor. Se había acercado por la espalda del chico escoltado por sus amigos. Enfrente tenía a Alma y a los demás, dispuestos a todo. Terrón se sintió acorralado y accedió.

–Quitaos las tablas –dijo–. Vamos a hablar con los profes y acabaremos con esto.

Los demás obedecieron. Dejaron las tablas en el suelo y se marcharon. Los esperaba una larga caminata que les daría tiempo para reflexionar. En La Laguna quedó un grupo de enloquecidos jóvenes celebrando una gran victoria. Levantaban las tablas de sus enemigos como si fueran trofeos.

–Has estado fantástica –Diego felicitó a Alma en cuanto se calmaron las euforias–. Te he visto volando como un pájaro por encima de mi cabeza.

–Ni las *pro* vuelan tanto –repuso Antonio.

–¿No te había dicho que esta chica vale más de lo que aparenta? –preguntó Coral a Diego.

–¡Basta! –exclamó Alma–. Vais a hacer que me lo crea.

El señor del remonte se quedó con las tablas de sus rivales. Les dijo que al final de la jornada las bajaría en la moto y que se las daría a Víctor. Él lo conocía y sabía dónde encontrarlo. El chico se haría cargo de las tablas hasta que todo estuviese arreglado. El grupo agradeció al encargado del remonte su ayuda; Alma se acercó a él y le dio un dulce beso en la mejilla. El hombre se mostró satisfecho y dijo:

–El esfuerzo suele dar frutos.

Después se fue a la caseta. Alma se quedó pensativa. Víctor se acercó a ella y, mirándola con los ojos llenos de brillantes destellos, dijo:

–Lo conozco desde hace mucho tiempo y en dos días le he oído decir más palabras que en toda mi vida –y añadió–: Mañana me gustaría llevarte a hacer surf a un sitio que seguro que no conoces y que te va a encantar.

–Nos vamos mañana –repuso Alma.

–No puedes saberlo. Si nieva mucho y cierran el puerto, no podréis iros.

–Eso no va a pasar..., aunque me encantaría que pasara.

–Todo puede suceder –aseguró el chico.

Practicaron surf durante el resto del día. Aprovecharon hasta el último rayo de sol. Cuando dejaron las pistas, ya era casi de noche. Se despidieron de Víctor en Pradollano y se fueron al hotel. En la entrada estaban David y los profesores con gesto muy serio. Todos se temían lo peor.

–¿A que les han dicho que les hemos robado las tablas? –sospechó Alma.

–¿Tablas? ¿Qué tablas? No sé de qué me estás hablando –contestó irónicamente Coral.

–No tienen pruebas, chicas –repuso Antonio.

–Tranquilos –recomendó Diego–. No digáis nada hasta que hablen ellos.

Los hicieron pasar al comedor y les pidieron que se sentaran. Don José, como jefe de estudios y máximo responsable de los alumnos durante la Semana Blanca, tomó la palabra.

–No es mi costumbre cambiar de opinión pero, tras escuchar a David, he de confesar que me alegro de rectificar en cuanto a las sanciones propuestas.

Los chicos esbozaron tímidas sonrisas y murmuraron entre ellos, congratulándose.

–David –continuó don José–, ¿serías tan amable de repetir delante de tus compañeros todo lo que nos has contado hace un rato?

Don José se sentó y miró al chico requiriéndole que hablara. Terrón se puso en pie y miró a los presentes. Detuvo su mirada en Alma. Ella la sostuvo impasible y tranquila, por primera vez en su vida. David, sin apartar sus ojos de ella, empezó a hablar:

–Le he contado a los profesores la verdad acerca de lo que pasó ayer. Les he dicho que, por la mañana, os insulté –dijo, refiriéndose a las chicas– y que vosotros –miró a Antonio y a Diego– nos dijisteis que no queríais problemas. Por la tarde, os esperamos en la puerta del hotel y repetimos los insultos, esta vez con peor intención y, aun así aguantasteis, hasta que yo me lancé. Vosotros os defendisteis de la agresión. Pablo y Alberto, que pasaban por allí, se metieron a separarnos. Así que la culpa de todo es nuestra, sólo nuestra. Y no es justo que os castiguen a vosotros.

–Muy bien –dijo don José–. ¿Cuál es la razón que te ha llevado a confesar?

–Pues... –dudó Terrón–, si yo estuviera en su lugar, me gustaría que se supiera la verdad. Ellos no tienen culpa de nada y se van a llevar la peor parte. Sobre todo Alma; precisamente a ella la hemos tratado fatal. Nos hemos burlado de ella siempre que hemos podido e incluso la hemos derribado en las pistas para ridiculizarla. La dejamos allí tirada –miró a Alma como pidiéndole disculpas–. Podía haberse hecho daño, pero no nos importó. Ella ni siquiera se atrevió a denunciarnos. Se limitó a evitarnos. Hasta ayer –concluyó David.

Alma lo miró, sorprendida por lo que acababa de oír. Él le sonrió de una forma diferente al modo en que la había sonreído otras veces. Parecía una sonrisa sincera. Don José agradeció al chico su intervención y le rogó que se sentara. Luego se levantó, aclaró su voz con un carraspeo y dijo solemnemente:

–En este colegio siempre hemos hecho alarde de formar excelentes alumnos, no sólo en el plano académico, sino también en el personal. Nos jactamos de que de nuestro centro salen alumnos ilustrados, sinceros y justos. David Terrón se ha encargado de recordarnos que no siempre hacemos bien nuestro trabajo porque, según él mismo nos ha relatado, su comportamiento y el de sus compañeros durante esta semana ha sido deplorable. Todos ellos tendrán que comparecer en un Consejo de Disciplina en cuanto regresemos. Y, por supuesto, esta noche alguien tendrá que recoger su trofeo, porque él se quedará en el hotel con sus cómplices de fechorías. En cuanto a ustedes, de acuerdo con su declaración, hemos decidido por unanimidad que queden exentos de los castigos que se les habían impuesto.

Todos estallaron en aplausos y gritos de alegría. Todos menos Alma. Ella permanecía inmóvil con sus ojos clavados en David Terrón. Estaba sentado con la cabeza agachada, hundido, humillado. Ese chico espectacular era ahora la viva imagen de la derrota. Entonces, lejos de sentir la soberbia del vencedor, se vio invadida por una infinita compasión.

–¿Qué te pasa? –preguntó Coral interrumpiendo sus pensamientos. Alma la miró, se puso de pie y llamó la atención de todos.

–Disculpen –dijo–, pero quisiera decir algo.

–¿De qué se trata? –preguntó don José.

–Pues..., estoy muy contenta con las decisiones que han tomado, pero discrepo en algo.

–Y... ¿se puede saber en qué?

–En lo referente a David y a sus amigos.

En el comedor se armó un pequeño revuelo. Coral quería matarla. Los profesores pidieron orden. David levantó la cabeza y la miró fijamente. Alma siguió hablando:

–Don José, usted ha dicho que están orgullosos de formar alumnos de calidad académica y humana. ¿No cree que lo que ha hecho David, al confesar todo y cargar con las culpas, es digno de elogio y demuestra una gran calidad humana? Creo que has sido muy valiente –continuó, dirigiendo sus palabras al chico–, porque es más importante reconocer que uno se ha equivocado y asumir las consecuencias que ganar una carrera. Y ya que todo ha quedado aclarado y, puesto que es la última noche de la Semana Blanca, les rogaría que retiraran los castigos a David y a los otros compañeros, incluido el Consejo de Disciplina.

–Pero, ¿qué dices? ¿Estás loca? –protestó Coral.

De nuevo se armó un revuelo y don José tuvo que pedir silencio.

–Si no he entendido mal –intervino don José–, usted quiere que olvidemos todo.

–Eso es –dijo Alma.

–Pues –añadió mirando a los otros profesores– es algo que tendremos que discutir.

–Pero, don José –insistió Alma–, ¿no cree que es mejor

que hagamos las paces y salgamos a divertirnos todos juntos? Así, puede que lleguemos a llevarnos bien. En cambio, si después de confesar, la recompensa que reciben es un consejo, sólo sembraremos rencor. Y yo no quiero llevarme mal con nadie.

David la escuchaba boquiabierto, asombrosamente encandilado. Hasta ese momento no se había fijado bien en ella y se preguntó cómo era posible que no hubiera reparado antes en esos ojos verdes. Alma cruzó la mirada con él y se sorprendió de su expresión.

–Muy bien, chicos. Ya hablaremos –dijo don José–. Si nadie tiene nada más que decir, damos por terminada la reunión.

Todos se dispusieron a abandonar el salón. David se levantó precipitadamente y desapareció tras la puerta. Alma lo siguió a toda prisa. Lo alcanzó entrando en el ascensor. Ella también entró y las puertas se cerraron. Ambos se quedaron mirándose a los ojos, frente a frente, sin hablar, hasta que David dijo:

–Gracias, pero ¿por qué lo has hecho?

–Porque es lo justo y porque me lo pedía el corazón –dijo Alma.

–Los chicos y yo hemos hablado durante la caminata de vuelta. Convertimos lo que debía ser una sana rivalidad en algo negativo. Nos ensañamos contigo porque te creímos débil y no tenías amigos, y yo llevé demasiado lejos mi papel de líder del grupo. A veces hago cosas que no quiero sólo para demostrar que soy fuerte. Debes perdonar lo mal que me he portado contigo en el último año. Me he dado cuenta de que he sido un estúpido riéndome de ti porque, además de ser la más lista del colegio, eres la que tiene mejor corazón. Te pido perdón en nombre de todos y me gustaría que, además de las disculpas, aceptases mi amistad.

Alma suspiró fuertemente, con su cara iluminada por la alegría de oír unas palabras tan deseadas y, al mismo tiempo, resignada porque habían sido pronunciadas demasiado tarde. El ascensor se detuvo. Las puertas se abrieron y Alma salió seguida de David. Tras él las puertas del ascensor se cerraron y ambos quedaron en el pasillo. Entonces Alma dijo:

–Si el lunes me hubieras dicho lo que acabas de decirme ahora, sería la chica más feliz del universo. Acepto las disculpas y también tu amistad, pero ahora sé que los amigos que yo buscaba no sois vosotros, porque, salvo el surf, no tenemos nada en común.

David se quedó en silencio. Tras reflexionar un momento, preguntó:

–Entonces, ¿por qué has corrido detras mí y has entrado en el ascensor?

–Quería quedar contigo para devolveros las tablas.

–¡Ah, vaya! –exclamó el chico, consciente de que acababa de hacer el ridículo por enésima vez en aquel día–. Pensarás que soy idiota.

–Hasta hace un rato lo pensaba, pero ahí abajo estaba el David que yo imaginé antes de conocerte: honesto, humilde y guapísimo.

El chico sonrió y añadió:

–Entonces –dijo el chico–, es mejor que lo dejemos así.

–Sí. Pero tenemos una oportunidad para empezar desde cero.

–Ya no podré llamarte chica *Elle* porque eres una surfista de verdad.

–Sí. Y he ganado la carrera al mejor del colegio.

–Bueno, sólo hasta hoy –repuso David–. Aunque he de reconocer que, si hubiéramos hecho una carrera limpia el año pasado, tú con los palillos y yo con la tabla, no hubiese podido ganarte.

–Gracias –dijo Alma.

Cuando entró en su habitación, encontró a Coral hecha una furia, contándole a las niñas los pormenores de la reunión. En cuanto la vio entrar exclamó:

–¡Miradla! Ahí está la buena samaritana. ¡Qué cara tienes, bonita! Ya puedes dar gracias por que tu idea haya funcionado pues, si no, te echaba de aquí. Creí que éramos amigas pero, ¡no! Tú prefieres la amistad de David Terrón. Te he visto defenderlo como si te fuera la vida en ello.

–¡Ya es suficiente! –gritó Alma–. Propuse su perdón de corazón. Si nosotros ya teníamos lo que queríamos, ¿por qué seguir humillándolos?

–¡Porque él sólo lo hacía para recuperar su tabla! –exclamó Coral.

–Si así fuera, ¿qué necesidad tenía de contar que me habían tirado en las pistas y que luego me abandonaron? Nadie del colegio lo sabía. Solamente ellos y yo. ¿Me dejas hablar? –preguntó mirando fijamente a Coral.

–Adelante –repuso Coral con sarcasmo, dejándose caer de golpe sobre la cama con su mirada fulminante.

Alma le contó lo que había ocurrido en el ascensor y añadió:

–Me ha dejado las llaves de su guardaesquís. Dejaremos allí sus tablas sin levantar sospechas con los profes. También me ha dicho que os diga que sus amigos y él sienten lo de la pelea de ayer y que la carrera de hoy en La Laguna ha sido la mejor de todas las que ha corrido en su vida, aunque haya perdido.

Las chicas estaban atónitas. No salían de su asombro. Durante el relato de Alma estuvieron emitiendo diversos sonidos y exclamaciones. En cuanto reaccionaron, comenzaron a hacerle preguntas sobre lo que había pasado durante toda la semana.

Luego, las tres niñas levantaron sus manos y prometieron que no contarían nada a nadie. Alma miró a Coral preguntándose si habría comprendido las razones que la llevaron a actuar como lo había hecho. Había permanecido con la mirada fija en el suelo y, una vez que Alma terminó de hablar, empezó a torcer el morro como si estuviera analizando un ejercicio de matemáticas.

–¿Qué piensas, Coral? –preguntó tímidamente Alma, a la espera de una respuesta favorable.

–Pues..., que estoy delante de la persona más buena que he visto en mi vida.

Alma sonrió complacida por la respuesta, acercó su mano a la de su amiga y la apretó con fuerza.

–Siento haberte gritado –se disculpó Coral–, y me parece precioso todo lo que has hecho. Yo no hubiese podido actuar así. No tengo tu alma.

–Claro que la tienes, faltaría más; todos la tenemos, pero hay que cuidarla, regarla como si fuera una planta. Lo que pasa es que yo me llamo así y por eso la tengo a flor de piel.

Las dos chicas se fundieron en un abrazo ante la mirada de las niñas, sorprendidas porque era la primera vez que veían a Coral abrazar a alguien de ese modo. Arancha se vio arrastrada por la emoción y se unió al abrazo. Mónica y Gema la siguieron y acabaron las cinco rodando por el suelo, riendo y llorando a la vez. Después, Coral llamó por teléfono a Diego y le contó lo que había sucedido. Alma llamó a Víctor y quedó con él para recoger las tablas. Después de una merecida ducha, se vistió con su camiseta preferida y, acompañada de sus amigas, salió a la calle para reunirse con los chicos.

–Así que eres más buena que el pan –dijo Víctor en cuanto la vio aparecer.

–Ya veo que te lo han contado todo –repuso Alma.

–A grandes rasgos, aunque espero que tú me des los detalles.

–Primero, acabemos con esto.

Recogieron las tablas y se despidieron de Víctor hasta la noche. Habían quedado en verse en la entrega de premios. Volvieron al hotel y guardaron las tablas en la taquilla de David. Alma cerró la puerta de un golpe. El sonido de la chapa fue seco.

–Se acabó –dijo suspirando.

Después subieron a cenar. Fue la cena más animada de toda la semana; no en vano, era la última. Alma terminó su manzana y se acercó a la mesa de David. Se sentó al lado de Terrón, le pasó las llaves de la taquilla con disimulo y dijo en voz baja:

–Todo en orden.

–Gracias –repuso el chico.

–¿Alguna novedad? –preguntó Alma.

–No, pero no te preocupes. Sabiendo que nuestros equipos están bien guardados, nos quedamos tranquilos. Prefiero una sanción del colegio al interrogatorio que me hubiese hecho mi padre si llega a enterarse de que he perdido la tabla en una apuesta.

–¡Ojalá pudiera hacer algo por ti!

–Puedes recoger mi trofeo –propuso David.

–¿Tú estás chiflado? –preguntó Alma.

–¿Por qué? Eres la auténtica vencedora de la Semana Blanca y, sin embargo, eres la única que se va a quedar sin reconocimiento.

–Agradezco tu intención, pero no puedo hacerlo.

–En serio –insistió David–. Recoge el trofeo. Es tuyo.

–No digas bobadas –dijo Alma mientras se levantaba–. Adiós.

El local estaba repleto de escolares. En las mesas próximas, las Bellezas observaban a algunos chicos que jugaban una partida de billar. Alma miró hacia el fondo y descubrió a Víctor, que también estaba atento a la partida. Se acercó a él y preguntó:

–¿Quién gana?

–Éstos –dijo, refiriéndose a los chicos que jugaban a lisas–. Llevan aquí toda la noche. Nadie ha podido ganarlos; hasta ahora, porque ha llegado mi jefe. En cuanto terminen esta partida y nos toque el turno, les vamos a dar una paliza.

–¿Tu jefe está aquí? Qué mala suerte, ¿no?

–¡Qué va, si es el mejor jefe que se puede tener! Deja que te lo presente; así le podrás pedir el autógrafo para tu amiga. ¡Manuel! –llamó Víctor. Alma miró hacia el extremo de la mesa de billar. El chico que parecía ser su jefe estaba de espaldas hablando con uno de los *skaters* que había estado con ellos por la mañana en La Laguna. Se dio la vuelta atendiendo a la llamada de Víctor y, al verlos, terminó la conversación y caminó hacia ellos.

–Ahí viene –dijo Víctor–. ¿Ves? Es muy joven; es muy buena persona y uno de los mejores *riders* del mundo.

Pero antes de que el muchacho hiciera las presentaciones, su jefe la saludó:

–¡Hola, Almita! Me alegro de verte –y le dio dos besos.

–¿Os conocéis? –preguntó Víctor, sorprendido.

–Sí –contestó Manuel–. Desde el lunes, pero hemos hecho surf juntos unos cuantos kilómetros en los últimos días, ¿verdad?

Alma asintió embobada, incapaz de pronunciar una palabra. ¡Era Manuel! ¡Su Manuel! Entonces, un chaval del colegio se acercó a él y dijo:

–Tú eres Manuel Palacios, ¿verdad?

–Sí –afirmó Manuel.

–Es un honor conocerte –repuso el chico.

–¡Pues ya ves que no es para tanto! –dijo modestamente Manuel.

–¿Que no? Hace un par de años te vi patinando en

Francia, en un campeonato. Realizaste los trucos más perfectos que he visto en mi vida. Ganaste.

Coral, Diego, Antonio y los Máquinas también se acercaron a hablar con él. Todos conocían a Manuel de las revistas y los vídeos. No cesaban de hacer comentarios acerca de su trabajo como *rider* profesional. La conversación se vio interrumpida por los chicos que jugaban al billar. A Manuel y a Víctor les tocaba jugar. Cogieron los palos y empezaron la partida. Alma no salía de su asombro. Se apoyó en la pared y se quedó inmóvil. Coral se acercó para hablar con ella.

–Es Manuel Palacios.

–Ya –dijo Alma.

Manuel falló su tiro. Se lamentó y dejó el palo a Víctor. Se acercó a ellas y preguntó:

–¿Cómo va todo, Almita? Hace un par de días que no nos vemos.

–Bien –dijo la chica.

–¿Has vuelto a tener problemas con los chicos de tu colegio?

–Sí... Bueno, en cierto modo... Pero ya está todo solucionado.

–Eso está bien. Lo mejor para los problemas son las soluciones.

Coral observó la escena y ató cabos. Víctor se acercó a Manuel y le pasó el palo. Manuel continuó la partida. Ambos charlaban, estudiando las trayectorias de la bola. Coral se acercó mucho a Alma y le dijo en tono confidencial:

126

–No me digas que tu misterioso Manuel ha resultado ser el mismísimo Manuel Palacios.

–Pero –explicó Alma– yo no tenía ni idea de que era él.

–¿Cómo es posible que no lo reconocieras? Es una contradicción patinar y no saber quién es Manuel Palacios. Para que lo entiendas: Manuel Palacios es al *skate* lo que Vivaldi a la música. Tiene clase, elegancia.

–¿Cómo querías que lo reconociera? –se disculpó Alma–. Jamás lo había visto en persona. Sólo en fotos. Y no me fijaba en su cara, sino en los trucos. Tú me viste haciendo surf con él el otro día y tampoco lo reconociste.

–Había niebla y os vi desde la silla. ¡Era imposible! Eres increíble, Alma. Te pasas una semana haciendo surf con uno de los mejores *riders* del mundo, ¡para ti sola!, ¡y ni siquiera lo sabes!

–Tampoco sabía que era el jefe de Víctor –se excusó.

–Pero, ¿en qué mundo vives? Déjalo. No me lo recuerdes. Hasta hace dos días tu mundo era Terrón. Y, de la noche a la mañana, resulta que eres amiga de Uve Doble ¡y de Manuel Palacios! Y para rematar, ganas la carrera. Desde luego, como sigas puntuando de esta forma, te vas a salir de la tabla clasificatoria. Aunque reconozco que lo de esta mañana en las pistas ha sido lo mejor.

Alma miró a su alrededor. El panorama era muy diferente al que había imaginado para aquel fin de semana. Y, sin embargo, era muchísimo mejor: junto a ella tenía una buena amiga; enfrente, Mónica, Gema y Arancha hablaban con Pablo, Alberto y Antonio; y a la izquierda, Víctor y Manuel jugaban al billar y comentaban las jugadas con Diego. La partida discurría con rapidez. Pronto terminaron con sus rivales gracias a la precisión con la que ambos jugaron. Justo en el momento en que dejaban los palos sobre el tapiz, el presentador anunció que se iban a entregar los premios de la Semana Blanca y requirió la presencia de Manuel Palacios para que entregara los trofeos de *snowboard*. Cuando le llegó el turno al grupo C, Diego, Antonio y Coral salieron al centro del local para recibir su trofeo. Alma estaba al lado de Víctor y aplaudía con fuerza a sus amigos. La puerta del local se abrió y David Terrón y los otros chicos entraron. Alma corrió hacia ellos, empujada por un irreprimible impulso.

–¡Os han dejado salir! –gritó de alegría.

–Sí –dijo David–. Tu alegato tuvo éxito. Deberías estudiar la carrera de Derecho en vez de la de Física.

–Puede que haga las dos –repuso ella.

Las Bellezas aparecieron por su espalda y felicitaron a los chicos. Luego Cristina miró a Alma y dijo:

–David nos ha contado lo que dijiste a los profesores. Creo que te debemos una disculpa.

En ese momento, Coral se acercó a Alma con su trofeo:

–Mejor dicho, os debemos una disculpa a las dos. En vez de aprovechar la oportunidad de conocernos mejor, os hemos criticado injustamente.

–Bueno –confesó Coral–, yo también debo disculparme.

–¿Por lo de los botes del baño? –preguntó Begoña.

–Sí.

–No tiene importancia; ni nosotras mismas sabemos muy bien cuál es la diferencia entre uno y otro –explicó Beatriz.

–Además, creo que nos hiciste un favor, porque noto la piel y el cabello mucho más suaves –aseguró Cristina.

–Deberías apuntar la idea. Quizás te sirva en un futuro, si te dedicas a la creación de cosméticos –dijo Begoña.

–No, gracias –dijo Coral–. Lo mío es estar al aire libre y no en un laboratorio, pero te cedo la idea y, si algún día inventas una crema, puedes ponerle mi nombre.

Todas las chicas se echaron a reír. El presentador anunció a Terrón como tercer clasificado. Manuel se acercó a él para darle el trofeo y, cuando estuvieron cara a cara, lo reconoció. Le entregó la copa sin felicitarlo ni estrecharle la mano. David se quedó cortado, pero no le dio importancia, porque desconocía los motivos de la frialdad de Manuel. Alma pensó que, en cuanto tuviera ocasión, le contaría lo que había pasado para que no tuviera una mala imagen de David. Mientras Manuel entregaba los trofeos a los Máquinas, Víctor se acercó a Alma. Ella apartó su mirada del escenario y volvió la cabeza para fijarla en los ojos del chico.

–¿Cómo lo llevas, surfista? –preguntó Víctor.

–Bien –contestó tímidamente Alma.

–Al final, los han dejado salir gracias a ti –recalcó el chico.

–No ha sido así exactamente –se excusó ella.

–Pues... ¿Cómo ha sido? –preguntó Víctor sonriente y divertido.

No obtuvo respuesta. Alma permanecía en silencio mirando al escenario. La entrega de premios había finalizado y David se encaminaba decidido hacia ellos. Sin apartar la vista de la chica, se detuvo frente a ella, cogió con delicadeza su mano y la besó galantemente. Alma no pudo contener un estremecimiento y sus ojos brillaron como cuando daba con una armonía deseada ante su piano. David le sonrió y los pliegues que enmarcaban sus labios se acentuaron. Después, extendió suavemente los largos dedos de la mano de la chica y depositó el pequeño trofeo.

–Es tuyo –dijo. Y se marchó seguido por sus amigos.

Manuel se acercó a ella y preguntó extrañado:

–¿No eran los chicos del otro día?

–Sí –contestó Alma.

–¿Cómo has conseguido que cambien tanto en tan poco tiempo?

–¿Yo? Yo no he hecho nada.

–Algo habrás hecho –afirmó Manuel. Un chico se acercó a él y le dijo que le tocaba jugar al billar–. Ya me contarás, porque tengo curiosidad.

–Yo también tengo curiosidad por saber cómo es que conoces a Manuel. Eres una caja de sorpresas –dijo Víctor.

–Si quieres, te lo cuento todo. ¿Tienes tiempo?

Se sentaron en unas banquetas y Alma empezó a relatar su historia. Le contó que decidió hacer *snowboard* para ser amiga de David. Confesó que en el colegio no tenía amigos; que su madre le reprochaba que sus mejores amigos fueran menores que ella; que la tachaba de inmadura, pero que a ella le daba igual, porque consideraba que la amistad no sabe de edades y que, de no ser por Raquel, nunca habría aprendido a patinar, ni hubiera conocido a Álvaro, ni a él; que, aun así, continuó empeñada en hacer realidad un sueño inconsistente y se burlaron de ella; que, entonces, Manuel apareció y la ayudó; que practicar surf con él le había dado mucha seguridad; que, a medida que avanzaban los días, había ido encontrando amigos como Diego y Coral y, lo más importante, se había encontrado a sí misma; que, cuando por la tarde David confesó, se dio cuenta de que en realidad no era tan malo y que probablemente tendría las mismas inseguridades que cualquier adolescente; que había bautizado aquella semana como «la semana del darse cuenta», y que presentía que a partir de ese momento comenzaba una nueva etapa. Fue todo lo franca que pudo.

–¿Algo más? –preguntó Víctor, abrumado por tanta sinceridad.

–Siempre lloro al final de la película «Armaggedon» –repuso Alma.

–¿Sí? Pues yo siempre lloro al final de «Rocky II»: «Sólo quiero decirle –dijo el chico imitando la voz de Stallone–, a mi mujer, que está en casa, mira Adrian: ¡lo hemos conseguido!»

Domingo

La alarma del teléfono móvil sonó a las ocho de la mañana. Alma despertó a sus compañeras y todas se levantaron con rapidez. Bajaron a desayunar. En el comedor ya estaban sus amigos.

—¡Vamos, dormilonas! Tenemos poco tiempo —dijo Diego.

Estaba previsto que el autocar de vuelta a Madrid partiera a las doce del mediodía. El plan era hacer una última bajada desde el Veleta con Víctor y Manuel. Tomaron el desayuno rápidamente y salieron a la calle. Se reunieron con ellos en la telecabina.

—El día está claro. Hemos tenido suerte —repuso Manuel.

Tomaron la telecabina y después la silla. El objetivo era subir lo más alto posible. Luego siguieron ascendiendo a pie. Durante la caminata, Manuel se situó junto a Alma.

—¿Todo bien? —preguntó Manuel.

–Sí –contestó la chica–; estoy acostumbrada a caminar.

–Ya me han contado que eres una campeona.

–¡Qué va! –exclamó ella–. Gané la carrera gracias a mis compañeros, y a Víctor.

–No me refería a la carrera, sino al modo de resolver la situación –aclaró Manuel.

–¡Ah! Tuvimos suerte. Podíamos haberla fastidiado en cualquier momento. De hecho, todavía estoy sorprendida por cómo ha salido todo.

–Cuando te conocí, parecías una niña desvalida y ahora eres una triunfadora. Hacía mucho tiempo que no veía a alguien progresar como tú lo has hecho durante esta semana. Y no me refiero sólo al *snowboard*.

–Gracias, me siento muy honrada con tus palabras. No tenía ni idea de que fueras... Bueno, quien eres. Si lo hubiera sabido, no habría descendido ni un metro contigo.

–¿Por qué?

–Por vergüenza –confesó Alma–, aunque ya pasé bastante el día que nos conocimos.

–Pues no tenías por qué. En cambio, aquellos chicos sí que deben sentirse avergonzados por lo que te hicieron; supongo que por eso el chico de ayer te dio su trofeo.

–Así es, nos pidieron disculpas a todos.

–Pues, de haberlo sabido, no habría sido tan frío con él en la entrega de premios ¿Querrás disculparte en mi nombre? –preguntó Manuel.

–Por supuesto –afirmó ella–. Y, para terminar la ronda de disculpas: siento mucho haberme marchado corriendo la otra noche.

–¡Es verdad! ¿Qué te pasó? Era como si hubieras visto un fantasma –comentó Manuel.

–¡Que vio las estrellas! ¡Estrellas de nieve! –intervino Coral, que caminaba cerca de ellos escuchando la conversación.

Víctor estaba a su lado y también escuchaba con interés.

–¡Coral, me lo prometiste! –exclamó Alma, ruborizada.

–No hace falta que me lo cuentes, si no quieres –dijo Manuel.

–Es que me encanta la astronomía –explicó Alma.

–A mí también. Mi constelación favorita es Casiopea, porque tiene forma de W, como mi firma –repuso Víctor.

–¡Qué casualidad! ¡Ésas fueron las estrellas que vio Alma! –exclamó Coral.

–¡Vaya! ¡Es genial! –dijo Víctor.

Manuel se detuvo unos metros más adelante y añadió:

–Tan genial como estar a tres mil trescientos noventa y ocho metros sobre el nivel del mar, asomarse y contemplarlo.

Levantó el brazo y señaló hacia el sur. Al fondo se veía el azul del Mediterráneo.

Como lluvia en el desierto

Al final, el Consejo de Disciplina no llegó a celebrarse, aunque David Terrón y sus amigos quedaron advertidos de que no se les toleraría ni una sola falta más. La vida en el colegio continuaba como antes, salvo que ahora Alma pasaba los recreos con sus nuevos amigos y ya no tenía que aguantar burlas de nadie. Todo lo contrario. Además, seguía patinando con Raquel y Álvaro. Cada día se marcaba nuevos desafíos y lo pasaba en grande, aunque echaba de menos a Víctor. Durante aquellas semanas habían mantenido contacto por correo electrónico porque él había estado viajando. Pero al fin había llegado el momento del reencuentro.

El sol de abril se filtraba entre las hojas de los árboles que circundaban el parque. Alma observaba los destellos mientras recordaba los innumerables acontecimientos vividos en la Semana Blanca y Raquel ajustaba los cordones de sus zapatillas. En ese momento, llegó Álvaro acompañado por varios amigos, todos montados en sus respectivos monopatines.

–¿No ha llegado mi hermano?

–Todavía no –contestó Raquel.

–Está muy misterioso –repuso Álvaro–. Apenas lo he visto en dos días. A mediodía me ha dicho que tenía que enseñarme algo, que os avisara a vosotras y que también trajera a mis amigos.

El sonido de las ruedas de un monopatín proveniente de una de las calles adyacentes al parque llegó a los oídos de los chicos. El sol se colaba por entre los edificios y tuvieron que ponerse las manos sobre las cejas, a modo de visera, para distinguir al causante del ruido. La silueta de un patinador se dibujó al final de la calle. Alma se puso de pie sobre el banco en el que estaba sentada y observó con atención.

–¡Ahí está Uve Doble! –gritó Raquel.

–Ése no es mi hermano –dijo Álvaro extrañado.

–Es Manuel –repuso Alma–. ¡Es Manuel Palacios! –gritó.

Brincó al suelo. Dio un golpe seco sobre el extremo de su patinete y lo hizo volar hasta su mano. Caminó unos metros, lo dejó caer con soltura sobre el suelo y patinó al encuentro de Manuel. Raquel y los chicos la siguieron. Cuando llegaron a la altura de Manuel, todos lo rodearon, entusiasmados por ver en persona a su ídolo. Esa condición adquiría un especial sentido en lo referente a Alma.

–¡Hola, Alma! –saludó Manuel–. ¡Me alegro de verte! Estás guapísima.

–Gracias –dijo Alma halagada–. Tú también tienes muy buen aspecto. Deja que te presente a mis amigos.

–¿Ves como lo conoce? –susurró Raquel al oído de uno de los niños.

Los chicos se fueron presentando sin apartar de Manuel sus miradas de admiración.

–Así que, ¿tú eres el hermano de Víctor? –preguntó Manuel a Álvaro.

–Sí –contestó el niño–. Me dijo que lo esperara aquí y que nos enseñaría algunos trucos.

–Me temo que no va a poder ser, porque tiene otro compromiso pero, a cambio, me ha enviado a mí. Estaré con vosotros toda la tarde.

Los chicos gritaron de alegría. ¡Manuel Palacios patinaría con ellos en su parque! Era el acontecimiento del siglo. Raquel no cesaba de repetir a sus amigos que iba a patinar mejor que nunca, porque «se patina mejor si patinas con el mejor». Alma estaba feliz por sus amigos y por haber vuelto a ver a Manuel, algo que dudaba que volviera a ocurrir. Aun así, un velo de melancolía cubrió su semblante. Víctor no iba a aparecer.

–Tengo un mensaje para ti –dijo Manuel.

Alma se sobresaltó. Manuel la miraba con las cejas levantadas. Llevaba una camiseta de manga corta, pero hizo el gesto de remangarse. Levantó las manos desnudas y las mostró por ambos lados. Luego las movió como un mago, acercó su mano izquierda a la oreja derecha de Alma y, mágicamente, apareció un colgante de plata en forma de estrella de nieve. Manuel lo sostenía entre sus dedos ante el asombro de Alma. Extendió su brazo ofreciéndoselo y dijo:

–Es para ti. Quiere que lo aceptes. Te está esperando a la vuelta de aquella esquina.

Alma cogió el colgante y lo miró atentamente. Era realmente bonito. Se lo puso y le dijo:

–Gracias –miró hacia sus amigos. Estaban probando trucos para impresionar a Manuel.

–Yo les diré que has tenido que irte. ¡Vamos! –exclamó Manuel–. ¡Vete ya y no hagas esperar más al pobre chico!

Alma subió a su monopatín y se alejó a toda prisa. Dobló la esquina y encontró a Víctor sentado en su patinete sobre la acera.

–¿Nos vamos? –preguntó.

–¿Dónde? –repuso ella.

–A patinar –contestó él tranquilamente.

–¿Tú y yo solos? Te vas a aburrir –advirtió Alma.

–Lo dudo. Vamos.

Víctor empezó a patinar y Alma lo siguió. Tenía ganas de hacerle mil preguntas, pero no sabía por dónde empezar, así que se limitó a patinar con confianza tras él. El piso por el que la conducía era estupendo. Parecía conocer cada piedra del recorrido y evitaba los obstáculos con destreza. Llegaron al final de la carretera. Ambos cogieron sus patinetes con las manos y se adentraron en un terreno de arena. Caminaron en dirección al muro que delimitaba la autopista. Por allí había unas cajas de plástico, de ésas que usan los vendedores ambulantes. Víctor recogió algunas y las apiló contra la pared. Luego trepó por ellas y se asomó.

Contempló la autopista y sonrió. Descendió de un salto y se quedó frente a Alma con una gran sonrisa en los labios. La chica estaba perpleja.

–¿Qué hacemos aquí? –preguntó.

–Quiero enseñarte algo –contestó el chico, pero para verlo tendrás que subirte a estas cajas. ¿Te atreves?

–¡Claro que me atrevo! –exclamó ella. Dejó en el suelo el monopatín y se encaramó a las cajas. Víctor le ofreció su mano, pero ella no se dio cuenta. No estaba acostumbrada a galanterías, sino a hacer las cosas por sí misma. Con agilidad llegó a lo alto de la improvisada torre de cajas y se asomó. Los coches pasaban a gran velocidad. Miró al suelo, a un lado y a otro, levantó la mirada y se fijó en el muro de enfrente. No podía creer lo que estaba viendo. Se quedó quieta y sus ojos se llenaron irremediablemente de lágrimas de alegría. En el muro, a la vista de todos los ocupantes de los vehículos y de todo el que pasara por allí, había un enorme grafito que ocupaba, al menos, diez metros. Consistía en un dibujo de un monopatín, una tabla de *snowboard*, Casiopea –con estrellas que tenían forma de estrellas de nieve – y, al fondo, estaban el Veleta y el mar. Y sobre todos esos elementos, se podía leer la palabra «Alma».

ÍNDICE

Vocabulario

Eslalon: modalidad del deporte del esquí o del *snowboard* que consiste en bajar deslizándose por una pendiente marcada con pasos obligados en el menor tiempo posible.

Freeride: técnica consistente en no seguir un recorrido marcado. Se practica en toda la montaña, fuera de pistas, en rutas escarpadas y con la máxima cantidad de nieve virgen posible.

Giro: maniobra consistente en deslizarse de un lado a otro de la tabla realizando curvas a derecha e izquierda.

Giro base: giro aislado con derrape en tres movimientos (iniciación, ejecución y conclusión).

Nose: extremo delantero de la tabla. El nose está curvado hacia arriba para facilitar la superación de todo tipo de obstáculos en la nieve.

Ollie: consiste en elevar la tabla desde el suelo mediante un impulso que se consigue levantando la punta de la tabla y apoyando el peso en la cola para después levantar el pie trasero sin agarrar el patín con las manos.

Palillera, palillero: término coloquial para denominar a los esquiadores en referencia a los bastones (palillos) que utilizan.

Pista azul: pista alpina de pendiente moderada de un nivel medio de dificultad.

Pro: abreviatura de profesional.

Recepción: maniobra que se realiza en el momento en que la tabla toca la nieve después de realizar un salto.

Rider: en inglés, corredor.

Skate: abreviatura de *Skate*boarding; tabla o monopatín.

Skateboarding: deporte que se practica con un monopatín o *skate*, sobre el asfalto o en una pista especialmente diseñada para ello.

Skater: practicante de *skate*boarding.

Slide: en inglés, tobogán. Truco que consiste en deslizarse con la tabla por un bordillo, un rail, una barandilla, etc.

Snowboard: Deporte de deslizamiento que se realiza sobre la nieve utilizando una tabla similar a la que se utiliza en el surf.

Snowpark: instalación creada de forma artificial en las estaciones de esquí, especialmente diseñada para la práctica del *snowboard*.

Surf: deporte náutico que consiste en mantener el equilibrio sobre la cresta de las olas con una tabla especial.

Truco: acción que se puede realizar con el monopatín; como hacer giros, saltos, deslizarse con los ejes sobre obstáculos o hacerlo girar bajo los pies.

Natalia Freire

Cuando era pequeña decía que de mayor quería ser escritora; sin embargo, casi al mismo tiempo, sentí la llamada del teatro.

Trabajo como actriz en la compañía de Teatro Infantil El Globo Rojo y también he participado en la adaptación de novelas y cuentos al teatro. Así recuperé el hábito de escribir y, desde entonces, no he dejado de hacerlo.

En la actualidad colaboro en Radio Marca como responsable de una sección en la que recomendamos música, películas y libros inspirados en el deporte, mi otra gran pasión. Me encanta el fútbol, las motos, las carreras de caballos y los deportes de invierno, especialmente el *snowboard*. Me gusta tanto, que ha inspirado esta novela.

Agradecimientos

Gracias a mi familia, por creer en mí; a Juan Carlos Chandro, porque ha visto nacer esta novela y la ha ayudado a crecer; a mis profes de *snowboard*, por su paciencia y amabilidad; a Manuel Palacios, por desafiarme a escribir sobre *snowboard* y, especialmente, a Antonio Prieto, por enseñarme que no hay nada imposible.